U0058502

PONY

奇異男孩

R. J. Palacio R. J. 帕拉秋——著
卓妙容——譯

獻給我的媽媽

推薦序

跨越生命的「老密林」，在困頓中迎接新生

文／童書閱讀推廣人張淑瓊

R. J. 帕拉秋的第一本青少年小說《奇蹟男孩》是我的愛書，不只因為溫暖感人的主題內容，也因為作者的寫作手法，書中六個角色穿梭對照的章節處理，綿密又靈活，真的很厲害。十年後，對作者的第二本書我充滿期待。

不過第一章讓我愣了一下，有點不一樣，忍住，繼續往下讀第二章，還是覺得不太一樣……慢慢的，我回神了，感覺回來了，直到最後，我的結論是，還是一樣厲害！作者沒有讓人失望，這是一本會讓人慢慢上鉤、上癮的作品。作者帕拉秋果真很會拆解手邊的資料，她擅長放大、連結、重組、延展、布線、收攏，當然最後會告訴你這些創作來源從哪裡來的，我超愛這個部分，相信喜歡研究寫作的人一定不會錯過這一段後記。

如果你在故事的前頭卡住，我衷心建議：請務必堅持讀下去，這絕對是一本越來越好看的作品。以下是一些讀後的想法整理：

1. 我必須說：作者R. J. 帕拉秋真的是一位非常會布線、收線的作者，在《奇蹟男孩》中，就是如此，那是她的第一本書，這一本更是鮮明。因為要先仔細的安排布線，難免在起頭的階段讀者得有點耐心，但相信我，最後所有線索都收得完美巧妙。也因為作者的設計專業背景，讓她的文字讀來充滿圖像感，空間、場景都活靈活現。

2. 請先放下你的理性，特別對那些可能不熟悉的領域：攝影、靈界、鬼魂、看不見的朋友等。這世界太廣大，未知的事情甚多，別說不可能。對我來說，這些內容不算太難理解，我參與過醫治趕鬼的服事，也讀過一些行走禱告的紀錄，知道有些重大歷史事件發生的區域，確實存在無辜受傷的靈魂，像《聖經》中提到亞伯「有聲音從地裡哀告」。幸運的是，這本書裡的這些魂體不會傷害人，他們之所以留著，是因為還有未盡之事需要處理，需要道歉、道謝、道愛、道別。

3. 這不能算是歷史小說，作者特別這麼說。也許我會說，這是搜集了諸多資料，結合了自己的興趣嗜好，外加從兒子的經歷創作而成的作品。時間設定在一八六〇年的南北戰爭期間。正如當年寫《奇蹟男孩》時的寫作召喚，這本書是她對那個特定時空中特定事件負擔的回應。青少年文學中，著眼南北戰爭和當年安排黑奴逃亡的「地下鐵道」相關作品非常多，另外，關注北美原住民印第安人當時被迫遷徙、土地被無端掠奪的作品也不少，那確實是一個關鍵的年代。這些歷史背景的元素豐厚了這本書。

最後，這絕對是一本適合青少年的成長小說，一連串外在的冒險追尋和內心的挑戰突破，在青少年時期何其重要。如同《奇蹟男孩》中十歲的奧吉一樣，書中十二歲的賽拉斯的生命也遇到了挑戰，他無法無視，無法後退、不能逃避，只能前進。他們都得跨入屬於自己的「老密林」，在恐懼和挑戰中一步一步往前行。幸好，青少年文學的作者們都知道，這些因著故事需要而探入的險境，以及這些黑暗難行的狹路窄徑，不管過程如何，最終，他們都一定一定會帶著主角和讀者們走出黑暗。透過閱讀，在肉眼未見之處的內心，儲備了未來面對挑戰，跨越艱難的力量。

推薦序

以奇異之眼，洞悉生死間的深刻意涵

文／親職專欄作家陳安儀

賽拉斯是一個十二歲的男孩。他長得瘦瘦小小，跟父親相依為命。他生長於一八六〇年代左右的美國，當時，美國獨立還不到百年，原住民的權利還沒有受到重視；當時，南北戰爭還沒有爆發，黑奴也還沒有自由；那時，「銀版照相技術」剛發明不久，賽拉斯的父親，是一位攝影師。

賽拉斯出生時就失去了媽媽。不過，他有一位非常盡職的父親，不但父兼母職撫養他長大，還同時是他的最佳老師：教導他識字、讀書，學習科學和歷史。賽拉斯沒有上學，因為那個年代的老師十分權威、獨裁，學校同學也常殘酷的嘲笑、欺侮他，只因為他有一種「與眾不同的超能力」——陰陽眼！

賽拉斯能看到一般人看不到的鬼魂，這導致他在旁人眼中成了一個異類，身邊只有一位「其他人都看不見」的好朋友——「米頓維爾」。米頓維爾是個幽靈，從賽拉斯出生以來，就一直寸步不離的陪伴著他。幸好賽拉斯的爸爸能夠理解，因此父子倆便遠離塵囂的過著簡單的生活。

沒想到一天深夜，三位凶神惡煞的歹徒闖進了他們家，帶走了賽拉斯的爸爸，只遺留下來一匹特別聰明、有靈性的小馬。賽拉斯別無選擇，只能鼓起勇氣、騎上馬背，為了營救爸爸，踏上危機重重的冒險旅程。

本書是《奇蹟男孩》的作者R. J.帕拉秋的最新力作，以懸疑刺激、追緝劫匪的情節為主軸，刻劃出一個青少年的成長故事。原本在父親無微不至照顧下的賽拉斯，為了營救父親，不但要隻身穿越密林、沼澤等陰森恐怖之地，還要忍受與無禮的老頭、愛嘲諷人的警探共處一室，甚至需要冒生命危險跳過懸崖峽谷、持槍戰鬥……作者以極為細膩的筆觸，將複雜的地理環境、緝凶的過程歷歷如繪的呈現，讀來扣人心弦，如臨現場般的血脈賁張！

除了情節緊湊之外，書中也描繪了那個年代的美國人權歷史，藉由賽拉斯的奇異能力，我們看到了受迫害的黑奴、原住民，戰爭中慘不忍睹的傷亡者……讓讀者有機會去思考掠奪者的歷史、戰爭的真相，還有人與人之間相處的意義。

每一個人都不只有一個面相。賽拉斯的幽靈朋友；愛他的父親、母親；看起來討人厭的老頭、警探；在本書結局中都有令人驚嘆的翻轉，這無疑是人生成長中，最痛苦，也是最深沉的體悟。更難得的是，本書也藉由賽拉斯所見，深刻的討論青少年最感興趣的議題：「死亡」。

人既然都要死，為何要來世上走這一遭？人死了之後會去哪裡？為什麼有的幽靈絲毫不眷戀的離開，而有的卻不然？生者究竟要如何才能放下心中對於死者的思念及悲傷？活著很痛苦的時候，死了會不會好一些？這些盤據在青少年心中的困惑，透過賽拉斯的眼睛和疑問，作者試圖帶領讀者去凝視「死亡」，了解生死之間深刻而動人的意涵，進而找出「活著」的最終價值。

這是一本精采好看，而且意義深刻的作品，推薦給大家！

推薦序

無法選擇的命中注定，是藏著彩蛋的人生劇本

文／親職溝通作家與講師羅怡君

（文章部分內容涉及關鍵情節）

暢銷小說《奇蹟男孩》描寫罕見基因導致顏面受損男孩的成長經歷，感動世界無數讀者，睽違已久的作者推出第二本青少年小說《奇異男孩》，再度挑戰書寫「與眾不同」的生命經歷：從外在容貌轉換為更難被理解的特異功能，無法選擇的天生注定，在成長過程中又會帶給主角什麼困難與收穫？

《奇異男孩》的主角賽拉斯外觀與一般男孩無異，但自小就能看見鬼魂米頓維爾的靈異體質，讓他在群體中被視為「怪咖」，只好離開學校自學。由於母親難產死亡而缺席，賽拉斯只能和父親相依為命，看似單純的兩人生活，在父親被脅持後天翻地覆，尋找父親的過程也逐漸揭開自己的身世之謎，最終體悟到正是自己天生的特殊能

力，才能帶領他穿越過去與現在，並重整家族的未來。

不論是前幾年大受歡迎的影劇作品《通靈少女》，或各原民部落裡的巫師角色，這些「命定之人」都非自願，擁有與鬼神溝通的能力；一般人無法參透背後的運作，只能用「預言」的方式去理解這些訊息，不知不覺這種預告思維讓很多人以為命運不能改變，只能等待預言一一實現，甚至做出傾向預言方向的選擇決定；西方心理學著名的「畢馬龍效應」，也證明這種實現自我預言的心理現象。

然而《奇異男孩》的賽拉斯並未「敬畏」鬼魂朋友的警告，為了尋找被綁架的父親，他一路向前不畏危險，闖入因殖民搶地事件死傷無數的密林與沼澤，在密林裡他看見當年喪生的白人、原住民、小孩冤魂，甚至最後才發現一直與他同行尋找父親的法警，竟然也是在一場警匪槍戰中喪生的鬼魂之一。這些鬼魂都曾經嘗試阻擋他的前進，然而因為男孩的決心和愛，他們的存在和訊息最後都成為他的助力，冥冥之中協助他找到父親。

透過小說給予觀眾的「上帝視角」，我們漸漸從劇情裡能讀出「冥冥之中」並非全然是命運，而是事件背後互扣牽動的因果關係，平凡人只能看見當下片段，才會因為自身遭遇而感到挫折難過。若能理解這點，我們也能成為自己的「通靈使者」，每個當下決定都是一個「因」，共同構織未來發展的「果」。

多數人終其一生不會擁有特殊體質或能力，作者的角色設計凸顯的是內在靈魂的孤單，我們一生中，總會有些時刻沒有人能和自己分享類似經驗或產生共鳴，甚至會因為自身遭遇受到排擠嘲笑。《奇異男孩》的賽拉斯看似被命運框限，卻借力使力突破他人眼光、自我預言的故事，鼓勵著每位小小讀者，成長過程中難免的孤單也是一份禮物，專注和自我對話，讓當下每一個決定或選擇都成為未來值得期待的人生彩蛋。

推薦序

在曲折的冒險中，感受恆久的愛與勇氣

文／文字工作者諶淑婷

一名男孩、一個鬼魂、一匹小馬、一群不法之徒、一些舊銀版照片、一場槍戰與一個巨大謎團，這些聽起來像是一部經典美國西部片的開頭，構成了《奇異男孩》這本令人一開始讀就無法喊停的兒童小說。

對臺灣讀者來說，R.J.帕拉秋幾乎與她最知名的著作《奇蹟男孩》劃上等號，但本書開頭預告了一則神祕的雷擊事件，被雷擊中的男孩背後留下了橡樹印記，讓他的父親「再度」勾起了對攝影科學的興趣，充滿謎團的故事才剛開展，我已經確定這會是一個和《奇蹟男孩》風格截然不同的故事。

或許是為了勾起讀者記憶，出版社將本書中文書名訂為《奇異男孩》（原英文書名是Pony），但閱讀過程中，我不時被那匹小馬吸引，牠遊走於故事每個重要場景，如果不是牠，賽拉斯不會有勇氣去追趕半夜到家裡帶走父親的匪徒，他可能繼續待在家中，過著與世隔絕的孤獨生活，但小馬對賽拉斯發出了一場冒險的邀請，同時協助他穿越險惡的地形，遇見身分不明的老法警，走入了真實的殘酷世界。

另一個重要角色是米頓維爾，起初我們並不清楚，米頓維爾到底是「想像朋友」還是「隱藏版角色」，隨著故事情節推演，才知道原來賽拉斯能夠看到也聽到鬼魂，這個奇異的能力曾讓他嘗到苦頭，之後他學會隱藏，為自己保守一個好的祕密。也幸好，米頓維爾不是一個令人毛骨悚然的幽靈，在這個故事裡，他扮演了重要的指導角色，讓這部背景非常真實的兒童小說，得以添上些許魔幻色彩。

所以我們看到了小男孩、小馬與鬼一起進入老密林，走過森林與沼澤，遇到那些遭受殘酷死亡的人（原住民與逃亡的奴隸）的靈魂，這是一場真正的冒險，不是普通兒童故事裡的「可愛旅程」，有槍擊與追逐、無法成功的跳躍，每一頁都讓人又痛苦又驚喜，是場結結實實的成年之旅。R. J. 帕拉秋巧妙的把賽拉斯「陰陽眼」的能力，與這個成長故事融為一體，各種沉重也陰沉的暴力，直到賽拉斯找到願意信任自己的成人才得以逐漸化解，他也明白昔日父親所說的，感受到別人感受不到的事，可以是種天賦，而非只是詛咒。

讀者將和賽拉斯一起成長，一起挑戰成年人的信任或懷疑，一起成為一個擁有勇氣和智慧的人，R. J. 帕拉秋藉由攝影技術的譬喻，讓讀者更了解生、死與連結，書中寫：「雖然要等到陽光或其他神祕的媒介產生效果才能看到圖像，才能化無形為有形。但是，圖像一直都存在，只是看得到和看不到之間的差別而已。」人與人之間的連結亦是如此，不會因為死亡而關係斷裂，愛過的人、互相依賴生存的生命，永遠都在身邊，即使形體不復存在。

我認為本書比《奇蹟男孩》更複雜，也更出色，但或許不會得到同樣廣泛的接受度，因為這樣奇特、黑暗、深刻的主題不是每個人都能接受，加上結局略為倉促，在有限篇幅內放入太多作者希望兒童也能知曉的議題（作者努力提供了歷史事件資訊），可能會讓一些讀者感到吃力。不過我還是希望父母或老師能為孩子選擇這本書，孩子讀到的不會只是一個生動的惡夢，也包括勇氣與友誼，還有不屈不撓的愛的力量。

我們的本性是無法描述的……

——瑪格・利維西《伊娃搬家具》

（Margot Livesey, *Eva Moves the Furniture*）

珍重再見，我必須走了，
不得不暫時離開你。
但無論我去到哪裡，
即使在萬哩之外，我還是會回來。

萬哩之外，我的摯愛，
即使在萬哩之外，甚至更遠，
岩石可熔，海洋可枯，
但我一定會回來。

喔，回來吧！我的摯愛，
和我在一起待一會兒。
因為若說我在這世界上有朋友，
那麼那個人一直都是你。

——無名氏《珍重再見》
（*Fare Thee Well*）

第一部

我已離開伊薩卡去找尋他。

——法蘭索瓦・芬乃倫《鐵拉馬庫斯歷險記》

（François Fénelon, *The Adventures of Telemachus*, 1699）

一八五八年四月二十七日《波恩維爾信使報》報導：

「一位住在波恩維爾附近鄉村的十歲男孩，前幾日回家路上，途經一棵大橡樹時突然遇上猛烈的暴風雨。男孩躲在樹下，不久後連同橡樹被閃電擊中。男孩摔倒在地後動也不動，衣服燒成灰燼冒著煙。好在孩子受到幸運女神的眷顧，他的父親目睹意外發生，立刻機智的利用壁爐風箱救了他的性命。事件並沒有對孩子造成任何影響，除了——他的背上留下了一棵樹的印記，成為最特別的紀念品！這種『閃電造成的銀版相片』近年來發生過好幾次，已然是令人好奇的科學奇蹟。」

1

我和閃電的較量讓老爸整個人沉浸在攝影科學之中，也因此拉開一切的序幕。老爸來自攝影藝術蓬勃發展的蘇格蘭，天生就對攝影抱持極高的好奇心。他在定居俄亥俄州後，曾經短暫研究過銀版攝影，因為這裡有許多天然鹽泉，可以提煉出沖洗相片不可或缺的溴劑。然而，要以銀版攝影為職業，成本十分高昂，利潤卻相當微薄，所以老爸無法靠它維生。「大家不會有錢買這麼精緻的紀念品。」他解釋，於是他下定決心成為一位專做靴子的鞋匠。「無論如何，人們總是要穿靴子的。」

老爸最擅長製作粗面皮革威靈頓半筒靴，最特別的是，他會將鞋跟挖空，在裡面做一個可以存放菸草或小刀的暗盒。顧客非常喜歡這種便利性，所以我們總有不少訂單。老爸將工作坊設在穀倉旁的棚子裡，每月會趕一騾車的靴子去波恩維爾鎮上交貨。我們的騾子就叫「騾子」，沒有另外取名字。

然而閃電在我背後留下的橡樹印記，再度勾起老爸對攝影科學的興趣。他相信圖像一定是經過和攝影原理相同的化學反應才會出現在我的皮膚上。我一邊看著他混合發出臭雞蛋和蘋果醋味的化學藥品，一邊聽他說：「人體就是個容器，裡面裝滿了和宇宙其他一切事物相同、必須依循物理定律運行的神祕物質。如果圖像可以透過閃電保存在你背上，那麼只要透過同樣的過程，也一定能保存在紙面上。」這就是為什麼銀版攝影不再吸引他了，他感興趣的是另一種新式攝影法：將玻璃負片上的圖像，透過陽光轉移到浸泡過鐵鹽溶液的紙，形成正片。

這門被稱為「溼版火棉膠攝影法」的技藝在鄰近地區鮮為人知，老爸很快就掌握了這項新科學，成為備受推崇的一流好手。這個領域大膽而創新，尚且需要大量的實驗，但是相片成果美麗得叫人驚嘆。老爸將這種成品稱為「鐵版相片」，精細度上雖不如銀版攝影，卻充滿了微妙的陰影，看起來彷彿炭筆藝術。老爸研發出自己專用的含溴感光劑配方，並為它申請專利，然後在波恩維爾法院大樓附近開設了一家攝影工作室。他的鐵粉肖像照很快在這一帶蔚為風潮，因為它們不僅比銀版攝影便宜許多，而且只要有底片，就能一遍又一遍的沖洗出相片。更別提只要你願意額外付費，老爸還能用蛋液和彩色顏料混合上色，讓相片栩栩如生，增添光彩與魅力。人們從四面八方湧來讓老爸拍照，一位打扮花俏的女顧客甚至來自遙遠的阿克倫。我在老爸的工作室幫忙，負責調整天窗、清理聚焦板。有一兩次，老爸甚至讓我打磨新的黃銅攝影鏡頭，要知道那可是店裡的重大資產，處理時一定要格外小心。不論是老爸還是我，生活都因此轉變。他開始考慮出售原本的製靴生意，他說：「比起人們的腳臭，混合藥水的氣味還是更討喜一點。」

就在這時候，三名騎士和一匹白臉小馬在黎明前造訪，從此改變我們的人生。

2

那天晚上，米頓維爾（Mittenwool）將我從沉睡中喚醒。

「賽拉斯（Silas），快起來。有人騎著馬朝這兒來了。」他說。

如果我說他話裡的緊急語氣嚇得我馬上跳起來，那就是我在撒謊。我並沒有太大的反應，只是咕噥兩聲，然後翻身繼續睡。他用力推了我一下。對他來說，那可不是一件容易的事，畢竟鬼魂要操縱物質世界裡的東西是相當困難的。

「讓我睡覺！」我沒好氣的回答。

就在那時我聽到在樓下的阿爾戈斯像報喪女妖般大聲號叫，同時老爸拿起步槍上膛。我從床邊的小窗戶往外望，但是夜色如墨，我什麼都看不見。

「一共來了三個人。」米頓維爾一邊說，一邊從我身後透過同一扇窗戶凝視。

「老爸？」我大叫，從閣樓快步跳下。他已經做好準備，穿上靴子，站在前窗窺探。

「小聲點，賽拉斯。」他警告我。

「要點燈嗎？」

「不。你從窗戶看到他們了嗎？來了幾個人？」他問。

「我沒看見，但米頓維爾說有三個人。」

「手上拿著槍。」米頓維爾補充。

「他們手上拿著槍。」我說：「他們想做什麼，老爸？」

老爸沒有回答。我們已經可以清楚聽到朝著這裡來的馬蹄聲。老爸將前門拉開一條縫，準備好步槍。他披上外套，轉身看我。

「不管出了什麼事，賽拉斯，你都不要出來。」他以嚴厲的口吻說：「如果有麻煩，你就跑到哈夫洛克家。走後門，從田野穿過去。聽見了嗎？」

「你不會是要出去吧？」

「拉住阿爾戈斯。」他回答。「別讓牠出去。」

我給阿爾戈斯戴上項圈。「你不會是要出去吧？」我好害怕，又問了一遍。

他沒有停下來回答我，反而打開前門，然後冒險走出門廊，用步槍瞄準越來越近的騎士們。我的老爸向來非常勇敢。

我把阿爾戈斯拉到身邊，躡手躡腳的走到前窗向外窺視。我看到那幾個逐漸接近的人。像米頓維爾說的，三名騎士，其中一人身後跟著一匹高大的黑馬，然後在牠身旁，則是一匹白臉小馬。牠的臉白得和骨頭一樣。

三人在快騎到房子時看到老爸的步槍，放慢了馬兒的速度。穿黃色長風衣的男人看來是他們的首領，他讓自己的戰馬完全停下來，舉起雙臂，擺出和平姿態。

「嘿，這位先生。」他在離門廊不過十幾公尺處對老爸說：「你可以放下武器，我們沒有惡意。」

「不如你們先放下武器。」老爸回答，步槍扔抵在肩窩。

「我的武器？」男人戲劇性的打量自己空空的雙手，然後左右看了看，演出一副現在才注意到同伴已經拔出武器的樣子。「放下武器，兄弟們！你們給人留下壞印象了。」他轉身面對老爸。「真是抱歉，他們沒有惡意。只是習慣了。」

「你們是誰？」老爸問。

「你是麥克·博特嗎？」

老爸搖頭。「你們是誰？為什麼突然在半夜趕來我這裡？」

黃風衣男人似乎一點都不怕老爸的步槍。在黑暗中我無法看得很清楚，但他的體型似乎比老爸小（畢竟老爸可是波恩維爾最高大的人之一），也比較年輕。他戴著圓頂紳士硬帽，然而他和紳士一點都扯不上邊，看起來就是個流氓，尤其配上他尖尖的八字鬍。

「好了，好了，別激動。」他輕聲說：「我們本來打算在白天時抵達，沒想到在途中花了比預期還長的時間。我是魯夫．瓊斯，他們是賽博和伊本．馬頓兄弟。不用花力氣區分他們，那是不可能的。」直到那時，我才注意到這兩個一模一樣的粗壯男人，戴著相同的圓頂帽，寬帽帶低垂在同樣的圓臉上。「我們會來這裡，是因為老闆羅斯科．奧勒倫蕭想向你提出一個有趣的合作。相信你聽說過他的名字，對吧？」

老爸沒有任何反應。

「總之，奧勒倫蕭先生知道你，麥克．博特。」魯夫．瓊斯繼續說。

「麥克．博特是誰？」米頓維爾低聲問我。

「我不認識什麼麥克．博特。」老爸舉著步槍說：「我叫馬丁．伯德。」

「當然。」魯夫．瓊斯一邊點頭，一邊很快的回答：「攝影師馬丁．伯德，奧勒倫蕭先生很欣賞你的作品！這就是我們來這裡的原因，他想和你協議一門生意。我們從很遠的地方來找你，可以讓我們進去休息一會兒嗎？我們騎了一整晚的馬。我都快凍死了。」他立起風衣的衣領來強調這一點。

「如果想談生意，你們可以像文明人一樣在白天來我的工作室談。」老爸說。

「我不明白你為什麼要用那種語氣對我說話？」魯夫．瓊斯問，似乎很困惑，「我們是因為業務性質需要保密，所以才這麼做的。我們無意傷害你，也不會傷害你的孩子賽拉斯。在你身後窗邊徘徊的那個是他，對吧？」

接下來發生的事絕對不是我編的。我用力吞下口水，連忙將頭從窗邊往後退，站在我身後的米頓維爾推了推我，示意我再蹲低一點。

「給你五秒鐘的時間離開我家。」老爸警告。從他的語氣，我可以聽出他是認真的。

但是魯夫．瓊斯一定沒聽出老爸話中的威脅，因為他竟然笑了。「鎮定下來，聽我說。別生氣，我只是個帶話的！」他平靜的回答。「奧勒倫蕭先生派我們來接你，而那就是我們正在做的事。就像我剛才說的，他對你沒有惡意。事實上，他想幫助你。他要我來告訴你，將來你可以從中賺到很多錢。依照他的原話是『一筆不小的財富』。你也許會有少許不便，但只需要工作一週，就會變成有錢人。我們甚至為你們準備了馬！一匹高大的馬給你，另一匹可愛的小馬給你兒子。奧勒倫蕭先生收藏了不少好馬，他肯讓你們騎他的好馬，你應該覺得榮幸。」

「我沒有興趣。你們還有三秒鐘可以離開。」老爸回答。「兩秒鐘……」

「好，好！」魯夫．瓊斯說，雙手在空中亂揮。「我們走，別衝動。走吧！伙計們。」

他拉著馬的韁繩，操控馬匹轉身，雙胞胎兄弟也一樣，同時將兩匹沒人騎的馬拉到他們身後。他們開始離開我們家，慢慢走進黑夜中。但是沒走幾步，魯夫．瓊斯就停了下來。他將雙臂伸向兩側，彷彿被釘在十字架上，以表明他依舊沒拿武器，然後他回頭看了看老爸。

「不過我們明天還會回來。」他說：「帶著更多人。說實話，奧勒倫蕭先生不是一個容易放棄的人。今晚的我對你沒有惡意，但我不能保證明天來的人也是如此。奧勒倫蕭先生，嗯，只要是他想要的，就非得到不可。」
「我會請警長介入。」老爸威脅。
「你會嗎？『博特』先生？」魯夫．瓊斯說。他的語氣帶著明顯的威脅，一點也不像之前那樣輕快。
「我姓伯德。」老爸回答。
「對。和兒子賽拉斯．伯德住在雞不生蛋、鳥不拉屎的鄉下地方的波恩維爾攝影師馬丁．伯德。」
「你最好趕快走。」老爸粗聲粗氣的說。
「好。」魯夫．瓊斯回答，但他卻只是靜靜的坐在馬上。
我屏住呼吸看著一切，米頓維爾站在我身邊。幾秒鐘過去，沒有人移動，也沒有人說一句話。

3

「問題是……」魯夫．瓊斯再度開口，他的雙臂仍高舉在兩側，輕快的語調又回到他的聲音裡。「這實在很麻煩，我們花了這麼多時間一路騎過田野，穿越樹林，結果明天還得回來，帶著十幾個全副武裝的人。那麼多槍指向各個方向，天知道會出什麼事。你知道的，悲劇可能就此降臨。可是如果你願意今晚就和我們一起走，博特先生，所有討厭的事就都能避免了。」

他將雙手翻過來，掌心朝上。

「不如我們不要再拖了。」他繼續說：「那麼你和你的孩子，就能和我們一起騎著好馬愉快的旅行。我們會在一週內讓你們兩個回到這裡。這是老闆大人親口承諾過的，絕對說話算話。順帶提一句，這是他要我照著講的，強調『絕對說話算話』。好了，這對你是一個很棒的合作提議！麥克．博特，你意下如何？」

我看向老爸，他咬著牙關，步槍仍在瞄準狀態，手指依舊扣在扳機上。他那一刻的表情對我來說相當陌生，我從未見過他的身體這麼緊繃。

「我不是麥克・博特。」他一個字一個字慢慢的說：「我是馬丁・伯德。」

「是的，當然，『伯德』先生。我很抱歉。」魯夫・瓊斯笑著回答。「不管你叫什麼名字，你意下如何？讓我們省掉那些麻煩，放下你的步槍，和我們一起走吧！只需要一週，等你回來時就是有錢人了。」

老爸猶豫了好一會兒。我感覺那一刻的時間像是被無限拉長。事後回想起來，在某種程度上，我的人生在那一刻便被永遠的改變了。老爸將槍放下。

「他在做什麼？」我低聲問米頓維爾。突然間，我比先前任何時候都要恐懼。我的心臟幾乎停止跳動，彷彿整個世界都屏住了呼吸。

「好吧！我和你們一起走。」老爸輕聲說，猶如驚雷似的打破黑夜的寂靜。「但前提是你們不准動我的孩子。他就待在這裡，安安全全的。他不會將這件事告訴任何人。反正本來就沒其他人會來這裡。我一週後回來。你說過這是奧勒倫蕭承諾的，他必須說話算話，多一天都不行。」

「嗯，我可不知道。」魯夫・瓊斯搖頭，喃喃抱怨：「奧勒倫蕭先生要我們把你們兩個都帶回去，他講得很清楚。」

「就像我剛剛說的，」老爸聲音堅定的回答：「如果你不照我的要求做，我今晚就不會和你們一起走。否則，不管是現在，或之後你們再出現時，我都會激烈反抗。我可是個神槍手，你最好別試探我。」

魯夫・瓊斯脫下圓頂硬帽，揉著前額。他看了看兩個同伴，但他們什麼也沒說，或者其實聳了聳肩？在黑暗中，除了他們蒼白平板的臉，我都看不大清楚。

「好，好，我們照你的意思做，大家和平相處！」魯夫・瓊斯同意。「你一個人走，可是要馬上出發。把你的槍扔過來，我們趕快結束這一切吧！」

「到達老密林時，我們會把它還給你，但是在那之前不行。」

「好了，我們走吧！」

老爸點點頭。「我去收拾東西。」他說。

「不行！你別想耍任何把戲。」魯夫・瓊斯馬上否決。「我們現在就出發！你立刻騎上這匹馬，我們『現在』就走，否則不要怪我不守承諾。」

「不要，老爸！」我一邊哭喊，一邊衝出前門。

老爸轉向我，臉上還是那個彷彿見鬼的陌生表情，著實嚇到我了。他將眼睛瞇成一條縫。

「你待在裡面，賽拉斯。」他伸出手指，指著我，發號施令。他聽起來非常嚴厲，我在門口停下腳步。在我的一生中，他從未這樣和我說話。「我會沒事的，但你不能離開這棟房子。不管發生任何事都不行。我一週後就會回來，食物應該夠你吃到那時候。你會沒事的。聽見我說的話了嗎？」

我一言不發。即使我想努力說點什麼，也說不出一個字來。

「聽到了嗎？賽拉斯？」他提高音量問我。

「但是，老爸……」我懇求，聲音在顫抖。

「非這樣不可。」他回答。「你待在家會很安全的。我一週後就回來，一天都不會遲。你現在就回屋子裡，快點。」

我照他的吩咐行動。

他走向那匹巨大的黑馬，抬腳上馬，看我一眼便轉身飛馳而去。片刻之後，他和其他騎士一起消失在茫茫夜色裡。

這就是我老爸被惡名昭彰的偽造集團劫走的過程，雖然我當時還不知道他們是誰。

4

我站在門口，朝著老爸消失的方向呆望著山脊。我不知道自己到底站了多久，總之天色逐漸轉亮。

「過來坐下，賽拉斯。」米頓維爾輕聲對我說。

我搖搖頭。我不敢把目光從老爸離去的那個點移開，我怕如果我不繼續盯著看，可能就會再也找不到它。房子周圍全是平坦的田野，不遠處的山脊先是向東方緩緩上升，過了頂峰後再緩緩下降，進入被茂密鐵木環繞的老密林。裡頭的古老樹木靠得極為緊密，連尺寸最小的馬車都過不去。嗯，至少大家都是這麼說的。

「過來坐下，賽拉斯。」米頓維爾又說了一遍。「我們現在什麼都不能做，只能等。一週後，他就會回來了。」

「但如果他沒回來呢？」我輕聲問，淚水順著我的臉頰滑落。

「他會回來的，賽拉斯。老爸知道他在做什麼。」

「他們想要他做什麼？奧勒倫蕭先生是誰？這個麥克・博特又是誰？剛剛發生的事，我一點都看不明白。」

「我相信老爸回來後會解釋一切，你只需要乖乖等著就行了。」

「整整一週！」眼淚模糊了我的視線，我已經看不到老爸消失的那個點了。「整整一週！」

我轉向米頓維爾。他坐在桌子旁邊，身體前傾，手肘撐在大腿上。儘管他試圖隱藏，但看上去還是非常孤單。

「你會沒事的，賽拉斯。」他安撫我。「我會在這裡陪著你，還有阿爾戈斯，我們會是你的好伙伴。你會沒事的。說不定在你意識到之前，老爸已經回來了。」

我低頭看了阿爾戈斯一眼。牠蜷縮在牠用來當床的破麵團紙箱裡。牠是一隻好鬥的獵犬，只剩一隻耳朵，走起路來搖搖晃晃的。

然後我回頭望向米頓維爾。他揚起眉毛，試圖為我打氣增加信心。我之前提過米頓維爾是個幽靈，但我不怎麼確定用「幽靈」來描述他是否正確。靈魂？幻影？事實上，我不知道該用什麼詞來描述他才是對的。老爸認為他是我的假想朋友，但我很清楚他不是。米頓維爾是真實存在的，就像他現在坐的椅子、我們住的房子和躺在紙箱裡的狗一樣的真。除了我以外的人都看不見他，聽不到他，並不表示他不是真的。話說回來，如果你能看到或聽到他，你會說他是一個大約十六歲的男孩，又高又瘦，有一雙亮晶晶的眼睛、一頭深色的亂髮和一臉誠懇的笑容。從我有記憶以來，他就一直陪在我身邊。

「接下來，我該怎麼辦？」我說，同時感到有些呼吸困難。

「接下來，你會過來坐下。」他回答，拍了拍桌子旁的椅子。「你要給自己做早餐。喝杯熱咖啡，暖暖你的胃。然後，等你準備好了，我們再評估目前的狀況。我們會檢查櫥櫃，看看還有什麼食物，再拿出足夠七天的分量，以免不小心把一些食材用完。然後我們去幫牛擠奶，把雞蛋拿進來，餵騾子吃乾草，就像我們每天早上做的那樣。這就是接下來我們該做的事，賽拉斯。」

在他說話時，我走到他對面，隔著桌子坐下。他傾身看我。

「一切都會好起來的。」他一邊說，一邊對我微笑，想讓我安心。「你會感覺得到。」

我點點頭，因為他是那麼努力的在安慰我，我不想讓他失望，但我心裡其實並不相信一切都會好起來。後來的事實證明我是對的。我擠了奶、照料雞、餵過騾子，給自己煎蛋，從井裡打水。我們把儲藏櫃的食物全部拿出來清點，分配好接下來這週每一天的分量；接著打掃地板，將木柴切成火種大小，做了一些薄鬆餅。但是我卻吃不下，我一點也不覺得餓，只感覺自己吞下太多眼淚，胃不大舒服。然後，我抬起頭，從窗戶看見白臉小馬站在我家前院。

5

在亮晃晃的白日陽光下，牠看起來不像在黑夜時那麼矮小。說不定是旁邊的馬特別高大，對比之下才顯得牠小。我不知道。總之現在，小馬站在那棵燒焦的橡樹旁吃草，牠的高度看起來和正常馬匹差不多。牠的毛皮在陽光下閃閃發亮，拱起的脖子肌肉發達，加上亮白的馬頭，構成一幅非常奇妙的景象。

我走到外面，左右張望。沒看到老爸，也沒看到任何和他一起騎馬離開的人，遠方的田野一如往常的寂靜。接近中午時下了點小雨，但現在天空晴朗，只有幾朵長雲像炊煙一樣延展著。

米頓維爾跟著我走向小馬，動物通常在米頓維爾靠近時會狂躁不安，但這匹馬在我們走近時卻只是好奇的盯著他看。牠有著長長的黑睫毛和小巧的口鼻，如小鹿般淡藍色的眼睛睜得大大的。

「你好，小傢伙。」我輕聲說，小心的伸手拍了拍牠的脖子。「你回來這裡做什麼？」

「我猜牠跟不上其他的大馬。」米頓維爾推測。

「是這樣嗎？」我問小馬，牠轉過頭看著我。「你跟不上，被留在後頭了，是嗎？還是他們故意放你走？」

「牠的長相很奇怪。」

小馬不閃不躲，對我的態度相當坦誠，讓我從心裡感到溫暖。「我覺得牠很漂亮。」我說。

「牠的臉很像骷髏頭。」

「你覺得會不會是他們故意把小馬送來給我？」我說：「記不記得他們本來是希望我和老爸一起去的？也許他們改變心意，不想讓我留下。」

「小馬怎麼有辦法自己回到這裡？」

「我只是隨便猜猜。」我一邊回答，一邊聳了聳肩。

「看看馬鞍袋裡有沒有東西。」

我小心翼翼的伸手進去查看，怕嚇到小馬。但牠仍舊只是冷靜的觀察我，沒有露出絲毫恐懼或膽怯。

馬鞍袋裡面是空的。

「也許魯夫．瓊斯派了雙胞胎中的一人來接我。」我接著說：「他帶著小馬來找我，可是後來出事，比如從馬上摔下來之類的？然後小馬扔下他，自己走了？」

「我猜有可能，但這仍然不能解釋牠怎麼知道該如何回到這裡。」

「牠可能沿著昨晚走的同一條路回來。」我推測，但話還沒說完，新的想法就從我腦中冒出來。「或者，說不定是老爸！」我倒吸一口氣。「米頓維爾！也許老爸逃離了那些人，騎著那匹大黑馬要回家找我。他可能途中從馬上摔下來，而小馬拋下他，自己回到這裡。」

「不，你這個推論完全不合理。」

「為什麼？說不定是真的！老爸可能正躺在老密林裡！我得去找他！」我連鞋都沒穿，就迫不及待的把赤腳伸進馬鐙。米頓維爾阻止了我。

「等一等，別著急。讓我們把事情從頭到尾梳理一下，好嗎？」他很堅定的說：「如果你老爸逃離了那些人，他不會將這匹小馬一起帶回來，相反的，他會獨自全力騎馬飛馳，以便盡快回家。所以你剛才說的根本不合理。合理的解釋是這樣子的：小馬不知何故在老密林裡迷了路，然後回到這裡。所以依我看，我們接下來最好給牠弄點水，因為牠一定很累了，接著我們得回到房子裡。」

「米頓維爾。」我邊說邊搖頭，在他說話時，我想到了很多事，而這些想法讓我打定主意要採取行動。「請聽我說完，我覺得這匹小馬會出現在這裡……是個徵兆。我認為牠是回來找我的。雖然我不知道牠是老爸派來的，還是上天派來的，但絕對是個徵兆。我必須去找老爸。」

「你認真的，賽拉斯？徵兆？」

「是的，徵兆。」

「哈！」他輕蔑的搖了搖頭。

「信不信由你。」我抬起腳，又想跨上馬鐙。

「老爸讓你等他回來！『你不能離開這棟房子。不管發生任何事都不行。』他是這麼說的。而那就是你應該做的。他會在一週內回來，你只需要耐心等待就好。」

我的決心頓時減弱，明明我在前一秒是那麼堅持。但米頓維爾確實有這種能力，他有時可以說服我放棄原本很想做的事，讓我懷疑自己的看法。

「此外，你甚至不會騎馬。」他補充。

「我當然會！我一天到晚都在騎騾子。」

「讓我們面對現實吧！騾子比較像驢，而不像馬，你現在也像驢子一樣傻。進屋子吧！」

「你才像驢。」

「來，賽拉斯，我們回屋裡去吧！」

他話中的諷刺幾乎讓我放棄我的計畫。老實說，我這輩子只騎過兩次馬，而且都是在我很小的時候，當時還是老爸直接把我抱上馬鞍的。

就在此時小馬噴出一大口氣，鼻孔張得大大的。不知道為什麼，我將這視為要我上馬的邀請。我一隻赤腳還半踩在馬鐙裡，於是心一橫，迅速而用力的將身體拉上馬鞍。但在我試圖將另一條腿繞過馬身時，我的腳卻滑出皮革踏鐙，身體不受控制的向後倒入泥水之中。小馬一邊發出短促的嘶鳴，一邊甩著牠的尾巴。

「可惡！」我大叫，雙手拍打泥水。「可惡！可惡！」

「賽拉斯。」米頓維爾輕聲說。

「他為什麼把我留下？」我號啕大哭。「他為什麼留下我一個人？」

米頓維爾在我身邊蹲下。「你不是一個人，賽拉斯。」

「我是！」我回答，突然感覺一大滴眼淚正悄悄從我的左臉頰滾落。「他把我一個人留在這裡，我不知道該怎麼辦！」

「聽我說，賽拉斯。你不是一個人，好嗎？我在這裡。你知道的。」他注視著我的眼睛，表情認真的說。

「我知道，但是……」我猶豫哽咽，用袖背擦眼淚，找不到合適的字眼形容自己的心情。「但是，米頓維爾，我不能待在這裡。我不能。我打從骨子裡感覺到，有什麼在告訴我必須去找老爸。我得去找他。小馬是回來接我的，你沒看出來嗎？牠是為了我才回來的。」

米頓維爾嘆了口氣，看著地面，搖了搖頭。

「我知道這聽起來很瘋狂。」我繼續說：「天啊！也許我真的瘋了。我坐在戶外的泥水裡，為了一匹不知從哪裡冒出來的小馬和鬼魂吵架。聽起來的確像是瘋了！」

米頓維爾瑟縮了一下。我知道他不喜歡「鬼魂」這個詞。

「你沒瘋。」他小聲回應。

我一臉懇求的看著他。「我保證我只去到老密林的邊緣，不會走得更遠。如果我現在出發，到達那裡後，還能在黃昏前回到家。騎馬應該兩小時內就到了，不是嗎？」

米頓維爾凝視山脊。我知道他在想什麼，也許是因為我也在想同樣的事。我一直很怕老密林。在我八歲時，老爸曾試著帶我去那裡打獵，結果我在裡頭嚇到昏過去。當我看著樹，腦子裡總會將它們轉化成各式各樣可怕又惡毒的怪物。我想，我站在橡樹附近被閃電擊中，絕不是巧合。

「到了老密林後，你要做什麼？」米頓維爾和我爭辯：「所以你只打算從外圍往裡面窺探，然後就回家嗎？這樣做有什麼意義？」

「至少我會確認老爸並不在我趕得到、幫得上忙的地方。我會知道他並沒有躺在附近的河溝裡，遇到麻煩或受了傷，或……」我沒把話講完，看著他說：「拜託，米頓維爾。我一定得去一趟。」

他轉頭不再看我，站起身來，咬著下脣。這是他在認真思考時的習慣動作。

「好吧！」他終於不甘願的說：「你贏了。當一個人打從骨子裡感受到什麼的時候，再怎麼和他們爭論都是沒用的。」

我想開口說些什麼。

「但你不能赤著腳騎馬！」他繼續說：「也不能不穿外套。而且小馬需要喝水。所以，我們要做的第一件事是帶牠去食槽，餵牠吃點燕麥，然後幫你打包一些食物。在那之後，我們再去老密林的邊界尋找老爸。聽起來如何？」

我感覺到自己的心臟像是在耳朵裡跳動。

「也就是說你會陪我一起去嘍？」我說。剛才我沒有膽子問他。

他揚起眉毛笑了。「我當然會陪你一起去，你這個傻瓜。」

第二部

我愛你的故事，沒有盡頭。

——無名氏《謎之歌》（*The Riddle Song*）

1

我知道這聽起來不大可能，但我真的有我媽媽去世那天的記憶。大部分的時間我都在她的肚子裡，我能聽到她在生產時，心臟像一隻野生小鳥一樣的跳動。當我終於被生出來，老爸將我放入她的懷裡。我微微扭動，她露出微笑，但那時她體內的野生小鳥已經準備要飛走了，所以就在她的靈魂離開身體之前，她把我還給老爸。直到現在我仍然記得很清楚，嬰兒時期的我親眼目睹她的靈魂像從火焰中升起的煙霧一樣往上飄。

我明白，讀到這裡，你可能會認為是米頓維爾用了些方法，將這個誕生畫面添加進我的回憶裡，但事實並非如此。我記得很清楚，媽媽的眼睛和笑容，也記得她當時疲憊不堪，同時又懊惱委屈——因為她無法在這個世界上與我共度更多時光。

我不曉得為什麼我在騎馬離開家時，會想到自己出生時的情形。在腦袋空著不受拘束時，思緒經常會飄到很奇怪的地方。我一定是在離家之前就想著媽媽，畢竟我明明認為這只是一趟簡短的旅程，為什麼還帶上了她的巴伐利亞小提琴？過去十二年來，它一直掛在靠近前門的掛鉤上，雖然它是我們很珍視的東西，卻從未打開盒子。今天在離開時，我無緣無故的將它從鉤子上取下來，拿著它走出大門。請容我提醒你，當時我手上已經提著一捆繩子、一把刀、一個水壺和一個裝滿麵包和鹹肉的袋子。帶這些東西很合理，但是小提琴？怎麼樣都說不過去。我唯一能想到的是，也許生命有時比你更早知道接下來會發生什麼事；也許在我腦海深處，在我心裡，我知道我再也不會回來這個家了。

2

小馬穿過草叢的速度不疾不徐，米頓維爾還能貌似悠閒的走在我們旁邊。唯一的問題是阿爾戈斯沒興趣跟上我們的速度。不管我怎麼懇求牠走快一點，無論我咂了多少次舌催促牠過來，我的獨耳獵犬只是無動於衷的拖著腳步跟在我們身後。最後，當我們到達山脊頂峰時，牠看著我，眼神彷彿在說：「我現在要回去了，賽拉斯。再見！」然後牠轉身，一瘸一拐的走了，沒有一絲留戀。

「阿爾戈斯！」我大喊，聲音在潮溼的空氣中聽起來又厚又沉。我操控小馬轉身，想去將獵犬帶回來。

「讓牠走吧！」米頓維爾說：「牠會平安到家的。」

「我不能讓牠自己回去啊！」

「那隻狗可以把自己照顧得很好，賽拉斯。如果牠餓了，牠會像以前一樣跑去老哈夫洛克家討吃的。更何況你傍晚就會回到家，不是嗎？你承諾過的。」

我點點頭，因為我此刻確實是這麼想。「對。」

「所以不如直接讓牠回家。如此一來，我們就能走得快一點，不用等牠慢吞吞的趕上來。」

米頓維爾開始順著山脊另一側的斜坡往下跑，山坡上覆蓋著短短的野牛草，砂岩間細長的縫隙伸出不少毒風箱樹的簇絨。這就是為什麼這片土地特別不宜耕種，而且還荒涼到走上幾個小時都看不到其他人。沒有農民想觸碰這片土地，也沒有牧場主人願意靠近。這裡在地圖上應該改名為「被神拋棄的地方」。

我深深吸了一口氣，腳跟輕輕戳了戳小馬，讓牠趕快追上米頓維爾。我很怕牠生氣，擔心牠會將我扔出去或瘋狂奔跑。但牠沒有，牠開始穩穩當當的跑了起來。當我們從米頓維爾身邊跑過時，感覺簡直像飄浮在地表上方。

「一匹有翅膀的駿馬，看看你騎在馬上的英姿。」他稱讚我和小馬。

我拉緊韁繩減慢小馬的速度。「你看到牠是怎麼跑的吧？牠的蹄幾乎沒碰到地面呢！」

米頓維爾笑了。「牠是一匹好馬。」他承認。

「喔，牠可不只是匹好馬。」我回答，接著身體前傾，拍了拍小馬的脖子。「對吧，小馬？你比好馬要好很多，是不是？你是一匹出色的馬，沒錯，說的就是你。」

「那就是你給牠取的名字嗎？『小馬』？」

「不是，但我還不知道要給牠取什麼名字。也許是『比塞弗勒斯[1]』？那是亞歷山大大帝的——」

「我知道比塞弗勒斯是誰！」他氣憤的打斷我的話。「這名字對牠來說太過誇張。『小馬』要好多了，更適合牠。」

「我可不這麼認為。我告訴你，這匹馬頗有一些特別之處。」

「我同意，但我仍然認為『小馬』才是適合牠的名字。」

「我之後一定會想到更好的，你等著看。想不想上來和我一起騎？」

「喔，我用走的就好。」他赤著腳去踢長瘤的灌木。打從我認識他以來，我未曾見米頓維爾穿過鞋。白襯衫，黑色吊帶褲，偶爾戴一下帽子，可是從不穿鞋。「雖然我不得不承認，這片土地踩起來的感覺很奇怪。」

「這裡一定是鹽沼地。」我環顧四周。「老爸常來這裡挖溴。」

「感覺像走在乾掉的池塘上。」

「我記得他說過，在數百萬年前這邊全是海洋。」

「我不記得上次我們來這裡時，地面感覺有這麼易碎。」
「可惡，米頓維爾，我應該和他一起行動的。」
「你說到哪裡去了？你知道他不會讓你那麼做。」
「我不是說昨晚，我是說以前他來這裡挖鹽的時候，還有他在老密林裡打獵的時候，我應該陪著他一起來的。」
「不是所有人都適合打獵。」
「如果我不那麼愛哭的話……」
「誰不怕熊？別鬧了，那是很久以前的事了。」
我搖搖頭。「事實就是那樣。我長大之後，應該要陪他一起來的。」
他再度用腳踢了踢地面。「嗯，你現在來了，這才是最重要的。你知道嗎？我想

1 Bucephalus，古希臘馬其頓王亞歷山大大帝的戰馬。

老爸會因為你這麼做而感動，賽拉斯。不過我得提醒你，他一開始一定會因為你沒聽他的話而生氣——到時別怪我沒有警告你！等過了一段時間後，他就會為你感到自豪，你居然有勇氣騎上這頭長相怪異的野獸獨自一人去找他。」

儘管心情不好，我還是笑了。「牠才不是什麼長相怪異的野獸呢！」

「你知道牠是。」

「你才是長相怪異的野獸。」

「哼！你亂說。」

「而且我也不是獨自一人。」

「嗯，只是他會這麼認為。」

「老實告訴我。你覺得我們來這裡會無功而返嗎？」

他抬頭望著前方宛如碎玻璃的鋸齒狀山脊。

「我當然希望是這樣。」他老實的回答。「聽我說，賽拉斯。老爸是個聰明人。要不是他認為那是當下最好的選擇，他就不會和他們一起走。」

「他的確是個聰明人。」我輕聲附和，然後問：「你覺得那是他們帶走他的原因嗎？也許和他的專利有關？」

「我不知道。也許是吧！」

「我敢打賭，那個什麼奧斯卡・倫斯先生，管他到底叫什麼名字，總之他大概聽過這個住在波恩維爾的天才，所以才派了魯夫・瓊斯來向老爸提議合作。你覺得呢？」

他點頭表示同意。「這說得通。」

「我的意思是，這附近人人都知道老爸是個天才，不是只有我這麼說。」

「你講得好像我不知道一樣。」

「我當然知道你知道。」

他怎麼會不知道。從我還小時，我們兩個都曉得老爸是天才。在這巨大的地球上沒有一件事是老爸不懂的，沒有他無法回答的問題。任何書他只要看過一次，就能記住全部的內容——我親眼見證過的！這是他的思考方式。他將許多書、許多科學期刊全儲存在他強大的頭腦中。不管以哪方面來看，老爸實在應該成為這個時代的牛頓、伽利略，或者阿基米德！但是當你出生在窮苦人家，到了十歲就父母雙亡，光是生存下來就已經非常困難。這就是老爸的遭遇，是我從他多年來告訴我的小故事裡推斷出來的。實際上，老爸很少談論自己。他的人生像一幅拼圖，我只能拿著自己知道的微小碎片慢慢拼湊。

但他是一個真正的天才，這是波恩維爾每個人都知道的事實。鞋跟裡藏著暗盒的靴子、上色的鐵版相片。這麼多年來，我從滿意的客人口中聽了無數次「你爸是個天才！」。人們看到美妙的事物時，自然會懂得欣賞。實力才是最重要的。事實上，他們可是連老爸一半的本事都沒看到呢！想像一下他們光是瞄到那些老爸自己發明、裝在我們家的東西會怎麼樣？像是機械製冰機、熱風爐、照亮空氣的玻璃燈泡。一定會有許多人也想在自己的房子裡裝上這些新奇的玩意兒。只要他願意，老爸極可能成為鎮上最有錢的人，光是賣他發明的裝置就夠了。但是老爸根本不在乎，當初他是為了媽媽才製作那些東西。他為她建造了我們的房子，並用他想得到的可愛發明填滿它。媽媽是拋下一切來陪老爸一起過日子，所以老爸希望即使住在荒野，她依然過得盡可能的舒適。媽媽確實享受了舒適的生活，不過時間不長。

「話說回來，你認為這個麥克．博特是誰？」

我正在小馬背上打瞌睡。

「什麼？喔，我不知道。」

「抱歉，我沒注意到你睡著了。」

「我沒睡著，只是閉上眼睛休息一下。反正小馬知道我們要去哪裡。你看，我連韁繩都沒握住。」我舉起手展示給他看。

「你剛才叫牠『小馬』。」

「在我想出一個好名字之前，先這樣叫牠。嗯，你剛才為什麼那樣問？」

「問什麼？」

「麥克．博特啊！你為什麼要在乎他是誰？」

「我不是在乎。我猜我只是有點好奇罷了。」

「好奇什麼？」

「沒什麼。我不知道啦！你別再鑽牛角尖了。」

「我才沒有鑽牛角尖！我只是不懂如果你什麼都沒在想，為什麼要問那樣的問題？話說回來，如果你真的在想什麼，我希望你不如直接說出來。」

米頓維爾搖搖頭。

「你沒在想的，我也沒在想。」他悶悶不樂的回答，然後從長褲後面的口袋拿出帽子戴上，走到我前面。

老爸一直對我的朋友很好奇，他曾經問過我，米頓維爾有沒有影子。答案是，有的，他有影子。就在此時，逐漸西落的太陽照在我們身後閃耀的田野上，米頓維爾的影子就像一個黑色的長箭頭，指向虛無的邊緣。

3

我們到達老密林的時間比我預期的更晚。我們站在樹林外查看，這裡沒有容易進去的入口，沒有那種鬆散的小樹過渡區，而是直接遇上茂密樹林。老密林就像由巨大原木組成的堡壘，隱隱約約藏在高高的尖刺灌木圍籬後方。

「老爸！」我對著樹牆尖叫，以為會有回音，但恰恰相反，我的聲音聽起來像被無形的毯子蓋住，彷彿我發出的是宇宙裡最小的聲音。「老爸啊啊啊——」

小馬往後退了幾步，彷彿在騰出空間等待回應。但是什麼都沒有。我只聽到黃昏的鳥鳴和從樹林裡傳出來的昆蟲大合唱。

「你有看到任何他留下的痕跡嗎？」我問。

米頓維爾蹲在我前面一點的地方，試著透過荊棘往內窺探。「沒有。」

「腳印或馬蹄印呢？或許我們能看到他們是從哪裡進去的。」我追問，四處張望尋找任何有可能是他們進入樹林的痕跡。我下了馬，朝米頓維爾走去，留下小馬吃著岩石縫裡剛發芽的蒲公英。

「所有的痕跡都被雨水沖刷掉了。」米頓維爾說。

「繼續找。」

「你再呼喚他看看。」

「老爸啊——」我將圈成筒狀的雙手放在嘴邊大喊，希望這次能讓聲音穿透樹牆。

我們等著，等待有人回答。結果什麼都沒有。

「嗯，他不在這裡。」米頓維爾說：「這樣你就能放心了，不是嗎？你本來很怕你會在河溝裡找到他，他顯然沒在那種地方。所以這樣很好。我希望你現在感覺好些了。」

我聳聳肩，同時點點頭，回頭看了一眼背後淡紫色的天空，烏雲的邊緣開始像木炭餘燼一樣隱隱發光。米頓維爾也順著我的視線望過去。

「大約再一小時，天就會黑了。我們應該趕快回家。」

「我知道。」我回答，但沒有移動。

我反而回頭看了看樹林，努力回憶老爸在我們最後一次一起來這裡時，告訴我老密林的事。「這是一片古老的森林，賽拉斯。人們在這裡狩獵了好幾千年。只要你懂得觀察，到現在仍然可以找到他們留下的痕跡。」

問題是我不知道怎麼看。我從來沒有學過，因為我太過膽小，不敢再和他一起來這裡。

「我應該陪他一起來這裡的。」我喃喃自語。

「不要再想了，賽拉斯。」

我沒回答，只是在樹牆前來回踱步，試圖找到比較明顯的入口縫隙，好讓我可以擠進去。最外圍的那一排樹有著毛茸茸的深灰色樹皮，即使夕陽斜射在它們之上，看起來也幾乎成了黑色。而在這後頭的樹顏色更暗，彷彿夜幕提早降臨在森林之中。

我踢開鐵木前方的荊棘。

「你在做什麼？」米頓維爾問。

我沒理他，繼續想辦法進入樹林。

「賽拉斯，別這樣。你答應過我的，該回去了。」
「我告訴過你的，我想看看裡面。」
「你忘了上回發生了什麼事嗎？」
「當然沒有！不用你提醒我！」
「你用不著提高嗓門說話。」
「嗯，那你就別老是和我吵架。」
我很生氣，他居然以為他得提醒我，否則我會忘記那時候發生的事。當時我牽著老爸的手，和他一起進了老密林。我期待了好幾個星期，要和他一起打獵，但幾乎從我們走進去的那一刻起，我就開始產生奇怪的感覺。我的頭開始疼了起來。那是春季的白晝，樹木開著美麗的花，可是我卻感到寒冬在我體內顫抖，一股寒意瞬間襲捲我的身體，籠罩住我。
「爸，我不喜歡這裡。也許我們應該回家。」
「你會沒事的，兒子。握著我的手就好。」

他並不知道我的恐懼。

「那是什麼聲音？」

「只是一些小鳥，賽拉斯。彼此呼喚。只是小鳥而已。」

但是對我來說，那聲音聽起來不像鳥鳴，而像哀號或尖叫聲，既怪異，又悲傷。

更糟的是，我們走得越遠，那聲音就越響。然後，突然間，我周圍的樹木似乎全活了過來，樹枝顫抖著，化成令人不安的人形。我開始大哭，閉上眼睛，摀住耳朵。

「老爸，帶我離開這裡！有什麼東西正穿過樹林向我們走過來！」

我甚至不知道我看到了什麼，或者以為自己看到了什麼。因為接下來，我大聲尖叫，然後倒在地上，完全昏迷，不醒人事。米頓維爾後來告訴我，那時我的眼睛已經翻到腦後。我沒有老爸帶我離開老密林的記憶，只記得我們在馬車裡，老爸傾身靠向我，往我的額頭上潑水，將散在我臉上亂糟糟的頭髮拂到後面，而我躺在他懷中瑟瑟發抖。

「我看到東西了，老爸！我看到樹林裡有東西。」

「你發燒了，賽拉斯。」他告訴我。

「在樹林裡的到底是什麼，老爸？」

後來，在我感覺好多了以後，我們開始聊那時發生的事。老爸努力讓我相信我看到的可能是一隻熊。他甚至暗示我，因為我的眼光銳利，才救了我們的命。我知道他這麼說只是為了讓我感覺好過些。我看到的是熊嗎？也許真的是熊吧？

「裡面一定有小路。」我說。我們明明就在老密林前面，卻找不到入口，這讓我很沮喪。「你記得我們上回是怎麼進去的嗎？」

米頓維爾雙臂在胸前交叉，歪著頭說：「我真不敢相信，你居然不守信用，賽拉斯。」

「我告訴過你，我想進去看看！我當然不會走得太遠，我很清楚。別這樣，你一定還記得當初進去的路。」

他抬起頭來。「我真的不記得了，賽拉斯。對我來說，這些樹看起來都一樣。」

我不相信他。「可惡！」

「不如我們現在回家，明天早上再回來？」

「我不要！不到十二小時前，老爸才經過這裡。不管他往哪裡去，這裡一定留下了痕跡。別這樣，米頓維爾，請你幫幫我。我只是想進去看一看而已。」

「為什麼想進去看一看？你到底以為你會找到什麼？」

「我不知道！」我大喊。

「你現在頭腦不清楚，賽拉斯。」

他說這句話時非常冷靜，點燃了我的怒火。

「好吧！不用你幫我。」我喃喃自語，拔出我的刀。「反正你本來就幫不了我，你就抱著空虛的手臂站在旁邊看就好。」

我開始劈砍面前的灌木叢，左右亂揮，但大約一分鐘後，我的手掌被多刺的樹枝割傷。我已經明白這麼做完全徒勞無功，就像想用刀切斷鐵鏈一樣，是不可能的。

「可惡可惡可惡！」我大聲尖叫，把刀扔到地面然後盤腿坐下，手肘擱在大腿上，將臉埋進鮮血直流的掌心。

「賽拉斯。」他走到我身後。

「別跟我說話！」我說：「我知道自己『頭腦不清楚』！」

「轉身看看那邊的小馬。」

我太沉浸在自己的悲傷裡，過了好一會兒才真正聽明白米頓維爾的話。等我意識到他在說什麼時，我轉頭看向小馬。牠不在我原先下馬的地方，而是走到我們上風處，距離我們六十公尺左右。牠站在一大片灌木叢之間，抬著頭，豎著耳朵，黑色的尾巴甩來甩去，專注的望向樹林。

4

我小心翼翼的慢慢走過去，避免驚動牠。我不想讓牠分心，把眼光從牠正在看的東西上移開。當我走近時，牠並沒怎麼退縮。

我順著牠的視線看過去，在兩棵看起來極凶惡扭曲的鐵木之間，濃密的灌木叢竟開出一道窄窄的縫隙，看起來很像綠色的牆面裂了一個成人大小的洞。

「嘿，你看那個！」我對米頓維爾大叫。「看到了嗎？小馬真的帶我找到路了，就像我想的那樣！」

他嘆了口氣。「好吧！反正我那『空虛的手臂』幫不上忙，我懂什麼呢？」

「喔，拜託，我不是這個意思。」

他聳了聳肩，雙手插進外套口袋，悶悶不樂的走開。

「好，隨便你。」我對著他的背影大喊，「事實證明我是對的。牠就像我說的把我帶到這裡來了。我說的對不對，小馬？」

我站在小馬面前和牠說話，我的臉和牠的臉一樣高，這時牠出其不意用口鼻輕靠在我的頸窩上。我必須再次強調，我和馬的接觸經驗極為有限，對牠們的生活方式和習慣也很陌生，所以我沒料到牠會做出這種姿態示好。如果「騾子」把鼻子靠到我身上，百分之百是想咬我，因為牠是個脾氣暴躁的老笨蛋，可是小馬和騾子完全不同。

我和小馬對視了好幾秒，這情形讓我有點訝異。接著我小心的把自己拉上馬鞍。我仍抓不住這個動作的竅門，但在我往上爬時，牠穩住身體幫了我。

「你真要這麼做？賽拉斯？」米頓維爾一臉難以置信的問。

他站在我身後，所以我只能轉頭回答他。太陽在他後方落下，彷彿一道道光芒從他的身體裡射了出來。

「我告訴過你，」我回答，「我是打從骨子裡感覺到必須這麼做。我沒辦法解釋得更貼切了。」

他聳聳肩，表示放棄和我爭吵了。

「你知道你的半張臉上都是血吧？」他指出。

我低頭看著滿是血漬的手，想像自己的臉是什麼樣子，但我沒動手擦它。「你會陪我一起去嗎？還是不會？」

他做了個深呼吸。「我告訴過你我會陪著你的。」

我感激的對他露出微笑，他見狀只是又不高興的聳了聳肩。我用腳跟輕觸小馬，示意牠開始走。其實我顯然是多此一舉，牠自己知道該走了，也知道該走去哪裡。小馬非常小心的以緩慢的速度穿過灌木叢，伸長脖子探入鐵木樹牆的裂縫之中。那道裂口這麼小，僅僅能讓一個騎在小馬上的小男孩通過。我想像高大的老爸，騎著那匹巨馬，一定得彎腰才能過得去吧？

我們進入樹林，裡頭很黑。

這條小步道甚至沒有資格被稱為「路」，充其量不過是穿過樹林的蜿蜒淺徑。正上方的樹枝宛如祈禱緊握的手指，瘦骨嶙峋的交纏在一起，讓我想起我唯一去過的教堂的拱形天花板。當時我告訴老爸我對「憂患之子[2]」有點好奇，他便帶我去了波恩維爾的教堂。對我來說，去一次就足夠了，老爸並不信教，所以他覺得我這樣很好。我雖然不是無神論者，卻也不想經常去教堂。

---

[2] Man of sorrows，指耶穌。通常憂患之子在繪畫中，會強調耶穌的傷痕和受難形象。

越往樹林裡頭走，我的心就跳得越快。我可以感覺到臉頰在發燙。空氣很沉悶，帶著麝香和潮溼的泥土味。我感到相當不安。

「你還好嗎？賽拉斯？」在我身後的米頓維爾對我大喊。我知道他能看出我越來越焦慮，就像我能看出他已經不生我的氣了。

「我還好。」我回答，努力控制自己的呼吸。

「你做得很好。」

「怎麼突然就變得這麼冷了。」

「你的大衣扣上了嗎？」

「我說過了，我還好！」我覺得他老是大驚小怪的叮嚀這、叮嚀那的很煩。

「好。你穩住。」他套用老爸的慣用語，冷靜的回答。

我扣上外套。「之前的事我很抱歉。我不該說你幫不上忙的。」

「別擔心。集中注意力，專心做你正在做的事。」

我點點頭，身體抖到說不出話來。雖然我覺得冷到骨子裡，可是身體卻不停在出汗。我的牙齒打顫，心臟狂跳。

「穩住。」我一邊告訴自己，一邊將雙手舉到嘴邊，呵氣保暖。

「珍重再見，」米頓維爾開始輕聲歌唱，「我必須走了，不得不暫時離開你……」

在我小時候，每當我睡不著時，他總會唱這首歌給我聽。

「別唱了。」我低聲說，略感尷尬。但下一秒鐘我便改變主意，說道：「不，還是繼續唱吧！」

「但無論我去到哪裡，即使在萬哩之外，我還是會回來。」

他輕柔的哼著下一句，歌聲和小馬的蹄聲、樹林的喧囂，融為一體。我必須承認，彷彿從遠處傳來的歌聲撫慰了我的心。說實話，有米頓維爾陪著我，對我來說著實是莫大的安慰。我下定決心不要再對他不耐煩。

離入口一箭之遙的地方，圍繞著一塊光滑岩石的小徑變寬了些。我催促小馬爬上緩升的岩石。當牠爬到能力所及的最高點時，我站在馬鐙上踮著腳尖環顧四周。

「你看到什麼了嗎？」米頓維爾問。

我搖搖頭。此刻，我冷得全身起雞皮疙瘩，雙手抖個不停。

米頓維爾爬上來，站到我身邊。「不如你叫他最後一次，然後我們回家？」

「老爸啊啊啊——」我在潮溼的空氣中大喊。

回應我的是眾多隱藏在森林中的生物，各式各樣的驚叫、嘶鳴聲混合而至。雖然看不到，但我能感覺到周圍樹枝上宛如一陣風吹過般、瞬間出現的細小動作。當四周安靜下來，我豎起耳朵等待一個更熟悉的聲音。「賽拉斯，我在這裡。兒子，快過來。」可是，什麼也沒有。

我又喊了幾聲，得到的全是同樣的響聲和寂靜。

此時天色只剩極微弱的光線，天空是藍的，樹木是黑的。或許到了夏天，枝葉繁茂的時候，我可能會說森林是綠的，但是現在，就我眼睛所見，世界上除了藍和黑，沒有其他顏色。

「好了。可以了。你已經做了所有你能做的事。」米頓維爾說：「我們應該趕快回頭，不然天太黑會找不到出去的路。」

「我知道。」我輕聲回答。他是對的，我知道他是對的。即便如此，我發現自己現在根本無法動彈，無法操控小馬轉身往回走。

我從進入樹林後一直抖個不停，耳朵裡全是心跳的聲音，而且越來越響。「怦怦、怦怦！」像一下又一下從我體內發出的鼓聲，加速敲擊。心跳和我一直聽到的噪音混合在一起：暗藏在森林中生物的低鳴、樹枝搖動聲、小馬甩動尾巴的咻咻聲、昆蟲的嗡嗡聲，以及踩在溼軟地面上的黏糊馬蹄聲。感覺像是所有聲響爭先恐後的衝入我的體內，如河流般湧進我的耳朵。突然間，我想起許多年前我和老爸來老密林時所聽到的聲音，那充滿恐懼的記憶像洪水傾瀉而來——因為我現在又聽見了。

隆隆作響、無處不在的細語和呻吟。那是我當時聽到的聲音，低沉的咆哮。

但這一次，我堅定意志努力對抗。我告訴自己所有的一切不過是我的妄想，就像老爸曾說的，那是我「旺盛的想像力」而已。

「不是說話的聲音。」我告訴自己：「只是森林的噪音。」

然而，儘管我用盡方法去聽森林的噪音，我仍然只聽見奇怪的說話聲。隨著空氣升起和落下的低語和嘟囔，環繞著我，逼近我，彷彿飄在霧裡似的。空氣因承載過多的字句而變得沉重，我覺得自己就要窒息，彷彿它們全灌入我的喉嚨和鼻腔，淹沒我的耳朵，將我的骨頭輾成了汁。

「賽拉斯，我們得走了！」米頓維爾大喊。

「好。」我一邊大喊，一邊操控小馬轉身，但我可以明顯感覺到牠的肌肉在我腿下繃緊，抵抗我的力道。小馬的耳朵開始瘋狂抽動，牠低著頭，小心翼翼向後順著岩石倒退了幾步。我用力拉住韁繩，因為我現在真的很怕，想盡快轉身離開樹林。不幸的是，我的衝動只是讓牠更為驚嚇，也有可能是牠聽到了我剛才聽到的聲音，不管那是什麼。總之小馬突然後退，猛然衝下岩石。牠豎起尾巴，脖子往前伸得筆直，全速奔馳得像要飛起來，左閃右避的穿過樹林。我死命抓住牠的鬃毛，伏身貼在牠的頸背以避開頭頂上方纏結的樹枝，免得它們割斷我的脖子。可惜不管我再怎麼小心，臉上還是添了不少鞭痕和刮傷。

我不知道小馬像這樣狂奔了多久。十分鐘？一個小時？幾百公尺？還是幾千公里？當牠終於放慢速度時，全身毛皮已被汗水浸溼，我仍舊伏身靠在牠脖子上，沒有抬起頭來，手指還纏在牠的鬃毛裡。小馬斷斷續續的喘著氣，我也一樣。我能感覺到牠的心臟在我的腿下跳動。不知道又過了多久，牠才完全停下來，但即使如此，我還是等了好一會兒才把眼睛睜開。

我不曉得我們在哪裡。老實說，此刻我連天上地下都分不太出來。從我的視角看出去，世界是傾斜的。我們站在一塊空地中央，四周全是又禿又光滑的大樹，看起來很像仲夏節慶跳舞廣場的五月柱。天色很黑，即便還不到完全漆黑的程度，但所有的東西都只剩下影子。不過，至少這裡很安靜。我馬上就注意到這一點：沒有低沉的說話聲。空氣中不再飄著任何可以淹沒我的話語。

「米頓維爾？」我感覺不到他在附近，趕緊輕聲叫喚他。我直起身子，環顧四周，還是沒看到他的身影。

我之前提過，從我有記憶以來米頓維爾就一直是我的好伙伴，但我的意思並不是他無時無刻待在我身邊。事實上，他想來就來，想走就走，來去隨意。他不在我身邊時，我總覺得時間過得特別快。有時候，一整個白天他都不見人影，但到了晚上，他一定會回來。我會見到他在附近走動，或坐在我房裡的椅子上。他會吹著口哨或和我開玩笑，陪著我直到我入睡。所以我早習慣了他偶爾缺席。但是現在，在這片惡魔般的老密林裡，一想到他不在我身旁，心底便升起一股無法形容的恐慌。有生以來我第一次想到，我有可能失去米頓維爾，或者他會失去我。我並不清楚我們在一起的背後有些什麼規則。

「米頓維爾！」我大喊，「你在哪裡？你聽到了嗎？請你回來！」

我聽到樹枝被踩斷的聲音，立刻轉身。一位鬍鬚雪白、體型猶如酒桶的老人站在空地邊緣，拿著一把閃亮的銀色手槍指著我。

「你在這兒做啥？」老人看到我非常驚訝。

「請不要開槍！」我大喊，雙手舉在空中。「我只是個小孩。」

「這我看得出來。你在這裡做什麼？」

「我迷路了。」

「你從哪裡來的？」

「波恩維爾。」

「誰是米頓維爾？」

「我在找我老爸。」

「米頓維爾是你老爸？」

「我迷路了！請幫幫我。」

老人一臉疑惑。他嘆了口氣。我聽得出來他的煩躁，彷彿看到我、和我說話讓他非常後悔。他把槍收進槍套。

「你不該一個人來這裡的，孩子。」他粗聲粗氣的說：「像你這樣大的男孩，樹林裡的黑豹在你還來不及反應之前就會撕開你的肚子，舔乾你的骨頭。你最好現在下馬，跟著我。我在離這裡一百公尺左右的地方搭了營帳。快點，我要開始生火了。」

而這就是我結識伊諾克・華默的經過。

5

當眼下發生的事明顯不合理時，人們反而不會問很多問題。我從小馬身上爬下來，拉著韁繩，跟在老人後頭走出空地，穿過一片糾結的樹林。

「你一面走，一面把任何能找到的大樹枝撿起來。」他頭也不回的指示我：「不過，避開會發出可怕黑煙的白楊樹。我們需要火種，所以也撿些軟質木。小心不要刺傷自己，它們像針一樣鋒利。」

他繼續往前走，我跟在他身後大約五步遠的地方，直到我們抵達一條小溪。這條小溪不寬，我可以輕易就跳到對面去。溪的另一邊是一小片林間空地，周圍環繞的楓樹上綴著點點紅芽，空地堆放了燒焦的原木和營火留下的灰燼。我將撿到的木棍和樹枝丟到石板上，然後牽著小馬到四公尺外一棵倒下的楓樹前面。一匹閉著眼睛、看起來很陰鬱的棕色母馬被綁在這裡，我猜是老人的馬。我們一走近，母馬便對我們齜牙咧嘴，像一隻壞脾氣的狗，但小馬根本不理牠。當我把小馬綁在距離母馬兩步遠的地方時，小馬也只是甩了甩尾巴，懶得做任何回應。

我回到空地，老人正站在木堆旁，用手戳著木頭。

「你身上有火柴嗎？」他頭也不抬的問我。

「有的，先生。」我從馬鞍包裡拿出火柴盒。

「你以前生過火嗎？」

「在柴火爐裡生過，但沒在像這樣的空地上生過。」

「如果你無法在這樣的野外生火，小子，你就死定了。」他疲憊的坐下，用指關節摩擦著他的後背。「我會教你怎麼做。你叫什麼名字？」

「賽拉斯・伯德。」

「我是伊諾克・華默。」他說：「你帶了什麼吃的嗎，賽拉斯・伯德？」

「只有鹹肉和麵包。」

「你擋到我的路時，我正在追一隻兔子。」他邊踢開靴子不客氣的說：「可是我現在太累了，不能再出去打獵。」

「您可以吃點我的食物。」

聽到這句話，他溫和的笑了笑。「嗯，謝謝你，賽拉斯・伯德。真是個有趣的名字。」他的鬍子看起來像一把垂在臉上的白色短掃帚。「好吧！賽拉斯・伯德，不如你去生火，讓我休息一下緩緩我的背痛，我們再用你的鹹肉燉一鍋雜燴？然後你就能告訴我，你到底跑到這荒涼的地方做什麼，你覺得如何？」

「好的，先生。」

「順便說一下，把臉擦一擦，上面沾了東西。」

「是的，先生。」我回答，對著手掌吐了口口水，抹掉臉上已經乾涸的血漬。

「那是血嗎？你受傷了，還是怎麼了嗎？」

「沒有，先生。」

他搓著雙手，警惕的看著我，然後教我如何生火，如何堆放木頭，在哪裡點燃火種。他甚至懶得把話說清楚，只是咕噥了重點。我很快就發現他是那種會隨意打嗝、放屁和咒罵的人，和老爸大不相同。

我生了火，然後他叫我從鐵木上剝下一圈樹皮，捲成一個大碗用來燒水。我們把鹹肉放進去，做出美味的燉菜。當我拿起麵包吸滿湯汁，才發現自己餓得不得了。

他點著菸斗，好奇的看著我吃東西。我把還剩一半的大碗遞給他，他卻揮了揮手，示意我拿開。

「其實我沒那麼餓。」他直接了當的說：「你繼續吃，把它吃完。」

「謝謝。」

「好了。」我吃飽後他說：「我想，是時候該說說你的故事了，賽拉斯．伯德。你到底是怎麼跑到這片樹林裡的？」

營火讓我感到溫暖，食物軟化了我的防衛，我一直全神貫注於手頭的工作，直到現在才有機會去想自己的處境。所以當他擺出朋友的姿態和我交談時，我感覺情緒得到了釋放。我假裝被火焰冒出的火花和煙霧薰到，擦了擦眼睛，實情是因為那天發生的一切全湧上心頭。我告訴老人在遇到他之前發生的事：三個騎士如何在半夜帶走了老爸，小馬是怎麼回來找我，我為什麼將這視為要我出發尋找老爸的徵兆，我是怎麼進到樹林，以及我又是怎麼迷了路的，全部一五一十的講給他聽。

華默先生點點頭，專注得彷彿正在把我的故事就著菸斗一起吸進去。滾滾濃煙從他的鼻孔冒出來，像是植物的卷鬚。他曲握在菸斗上的手指又厚又粗。

「所以這些騎士，」最後他說：「他們就這樣突然出現？你爸以前沒見過他們，沒和他們有過爭執？」

「沒有，先生。」

「你爸靠什麼維生？」

「他是專做靴子的鞋匠，但現在他是一個火棉膠師傅。」

「一個火棉——什麼？」

「就是一種攝影師。」

「像銀版照相攝影師？」

「對。」

「他叫什麼名字？」

「馬丁・伯德。」

華默先生用手揉擰著鬍子，彷彿在消化這個名字。「那麼，你要找的這個米頓維爾又是誰？」

我在說明時並沒有提到米頓維爾。我猜我是希望他會忘記我之前在林中的呼喊。

我低下頭沒有回答。

「聽著，孩子。」華默先生說：「你一個人來這裡，惹上許多麻煩。還好你運氣不錯，最後進到老密林，而不是走進沼澤。那片沼澤會將你活活吃掉。如果我沒找到你，我不知道你會出什麼事。所以，聽我的話，我不介意明天早上帶你離開老密林，即使這打亂我原本的計畫。但你必須老老實實的和我合作，賽拉斯・伯德。現在，告訴我，你是一個人來的？還是外面有其他我應該知道的人？」

「沒有，沒有什麼你需要知道的其他人。」

他瞇起眼睛，皺起臉，仔細打量我。

「你知道嗎？我有一個和你一樣大的孫子。」他說：「你多大了？九歲、十歲？」

「我十二歲了。」

「真的嗎？」他笑著回答。「以這年紀來說，你還真是個小東西，不是嗎？看這裡，賽拉斯・伯德。」他將手伸進外套口袋，掏出一枚錫製徽章，舉起來讓我藉著火光看清楚。「你知道這是什麼嗎？」

「這是一枚徽章。」

「沒錯。我是美國聯邦法警。」他回答。「我正在追緝一群往東邊去的不法之徒。我們得到線報，他們躲在大峽谷另一邊的一個洞穴裡。這些人和我隔著差不多三天的路程，你和我在找的有可能是同一群人。」

「您在找魯夫・瓊斯嗎？」我興奮的問。

「我沒聽過這個名字，不是。」

「賽博和伊本・馬頓呢？他們倆是兄弟。」

「不是。你說的這幾個是帶走你老爸的人嗎？」

我點點頭。「他們是由一個叫……奧斯卡什麼的人派來的？我不記得他的名字。」

但就在我說話時，另一個名字突然從我的腦海跳出來。「麥克．博特呢？您認識他嗎？」我想都沒想就脫口而出。

聽到這裡，華默先生終於有反應了。

「麥克．博特？」他揚起眉頭大叫。「麥克．博特是帶走你老爸的人之一嗎？」

他的回應讓我立刻後悔說出這個名字。我不知道為什麼會有這種感覺，但我下意識的認為自己應該閉上嘴巴。

「不是。」我說：「只是他們提到這名字，我不知道究竟為什麼。」

「嗯，麥克．博特是這地區最有名的通緝犯之一！」他聲音嘶啞的說，語氣幾乎帶著欽佩。「已經很多年沒人提起這個名字了。但是如果他和你老爸發生的事情有關，那麼我們注定會走上同一條路，孩子。因為我在追的這些人是美國中西部最大的偽造集團成員，而麥克．博特，嗯，他是有史以來手藝最好的偽鈔製造者之一。」

第三部

我是一名困苦的異鄉人，在這個悲慘世界徒步旅行。

——無名氏，《遠行的陌生人》
（*Wayfaring Stranger*）

1

記憶是一種很奇怪的東西。有些事情會在你的腦海裡顯得清晰明亮，宛如漫長黑夜裡的煙火。其他的則變成即將熄滅的餘燼，逐漸昏暗模糊。我一直在努力增強自己的記憶力，但這就像試圖將閃電收進盒子裡一樣，談何容易。

話說回來，我還真的擊敗過閃電，所以也許這不是個好例子。

後來我在樹林裡度過好幾個夜晚。米頓維爾在第一晚就出現了，但是我不記得他是什麼時候來的，我只記得醒來時營火劈啪作響，我望著頭頂的枝葉，看到如碎玻璃般被切割的夜空。星星像遠處閃爍的小蠟燭點綴著黑色夜幕。

「為什麼這些星星會發光？」我在心裡疑惑著，然後又繼續想：「在比那些星星更遠的地方，還有什麼？」

我半睡半醒。

「賽拉斯。」米頓維爾叫我。

「米頓維爾！」我高興的輕叫出聲，坐了起來。「你回來了！」

華默先生睡在營火的另一邊，我可以聽到他正在大聲的打呼。但我不想吵醒他，所以我把聲音壓得比耳語還低。

「我還以為我失去你了。」我補上一句。

「花了我一段時間才趕上。」他回答，露出微笑安撫我。他在我身邊坐下，拍拍我的頭。當我伸手去捏握他的手，他才明白我鬆了多大一口氣。「天啊！你該不會真的以為我會找不到你吧？」

我搖搖頭，仍然深陷在自己的情緒裡。

「傻孩子。」他溫柔的說：「你看那裡，火要熄了。你應該幫它翻一下，再添點木頭。」

直到這一刻我才意識到自己有多冷，明明我身上已經蓋了小馬的馬鞍毯。我移動像冰塊一樣的身體，站起來往營火扔了幾根大木棍。火光沖天而起，發出劈里啪啦的響聲。我在米頓維爾身邊坐下，將雙手夾在胳肢窩下取暖。

「你去哪裡了？」我問。

「喔，你知道的，這裡和那裡。」

我通常不會問米頓維爾這類的問題。我從很久以前就知道他對自己的存在其實也很懵懂。我想不是他不想回答這些問題，而是他根本不知道答案。他為什麼會存在，對他來說也是個難解的謎。

「睡在那裡的人是誰？」他問。

「一個名叫伊諾克・華默的老人，我迷路時是他救了我。他是美國聯邦法警，正在追捕不法分子，我猜可能和帶走老爸的是同一批人。」

米頓維爾似乎不怎麼相信。「嗯，如果真的是那樣，未免也太巧了。」

「不是巧合。一切都是小馬故意做的，牠把我帶到他身邊。我告訴過你，小馬回來找我是個徵兆，牠要帶我去找老爸。」

他淡淡一笑。「但願如此。」

「就是這樣，不會錯的，我知道。」

「嘿，賽拉斯，我不得不承認，我還是有點生你的氣。」
「因為我諷刺你不幫忙的事？」
「不是。因為你沒有遵守不進樹林的諾言，你答應過我的。」
「我知道，對不起。」
「老密林可不是能開玩笑的地方，賽拉斯。你根本不應該一個人來這裡的。」
「我知道！還好法警找到了我。他教我如何生火，如何用樹皮做碗，他之後還會教我如何追蹤。」
他若有所思的摸著下巴。「你信任他嗎？」
「他似乎沒什麼問題。他說他有一個和我一樣大的孫子。」
米頓維爾做了個鬼臉，看起來不怎麼相信我的話。
「不管怎樣，你現在該做的就是好好睡一覺。」他說。
我躺了回去，將馬鞍毯拉到耳朵。他在我身邊坐下，手肘撐地，仰望星空。我轉身側躺，細看他的側臉。那是我在地球上最熟悉的景象了。每隔幾個月，我總會不禁讚嘆米頓維爾的存在對我而言真是個奇蹟，我們能相遇實在非比尋常。

我差點就不打算問了，因為我不願破壞這一刻的寧靜，但最終我還是問出口。

「你也聽到了，對吧？在小馬逃跑之前的聲音。那不是我想像出來的。」

他咬緊牙關。「不是，我也聽到了。」

「不是熊，對嗎？老爸一起來的那時候？」

「不，不是熊。」

「他們是誰？是什麼？」

「我不知道。」

「他們和你一樣嗎？」

他思考了一會兒。「我真的不知道。」他說話時仰著頭，和我一起看著同一片星空。「我不知道的事太多了，賽拉斯。」

我點點頭，因為我突然想到，如果活著的人有許多祕密，那麼死掉的人一定也有。

「我覺得，那其實有點像我們現在所處的樹林。」他若有所思的繼續說：「我們可以聽到周圍傳來的所有鳴響號叫，樹枝落下、動物在黑暗中死亡和出生，但我們看不到，只知道牠們在那裡，對吧？我們『意識到』牠們在那裡。我想在你身上的這件事也是如此，你很特別，賽拉斯。你可以感受別人察覺不到的事。那是你的天賦。」

「我不想要。這才不是天賦，是詛咒。」

「它很可能會幫助你找到老爸。」

我想了一下。「我猜你說的對。也可能是因為有這個天賦，我才能看見你。我想，它確實有些用處。」

他微笑，用手肘輕輕的推我一下。「不要突然對著我感性起來，呆子。」

我笑了。「你才呆！」

「噓！」

我在不知不覺中提高了音量。我們倆一起看向華默先生，確認他是否醒過來。但老人只是稍微動了一下，翻了個身。

「我們不該再說話了，否則會吵醒他的。」米頓維爾說：「睡一會兒吧。我有一種預感，接下來幾天，你大概得保持全然的清醒。你現在得多休息。」

「但你會留在這裡，對吧？」

「我當然會。現在閉上眼睛。」

我閉上眼睛。「米頓維爾？」

「嗯？」

「你覺得格林戈萊特這個名字怎麼樣？」我低聲問，沒有睜開眼睛。

「那是《亞瑟王傳奇》裡高文爵士的戰馬嗎？對小馬來說，似乎有點太高調了。」

他回答。

「珀西瓦爾呢？」

「聖杯騎士的名字？嗯，好像也不適合牠。」

「嗯，我也覺得不太對。」

「趕快睡覺。」

我點點頭，然後睡著了。

2

黎明破曉，但我繼續沉睡，等我醒來時，陽光已經亮得刺眼。其實從天上直接灑下來的光線不多，大部分的日光都映照在林間飄浮的薄霧，閃閃發亮。陽光在被露水浸溼的樹枝上跳躍，感覺像下雨一樣。

「嗯，也差不多該醒了，貪睡蟲！」華默先生抱怨。他已經穿好靴子，正在照料他的憂鬱母馬，一副隨時可以出發的模樣。

「早安，華默先生。」我咕噥的說。

「華默法警。」他糾正我。「我試著叫醒你，但你一點反應都沒有。起來吧！太陽晒屁股嘍！」

我坐起來，揉了揉滿是睡意的眼睛。我感覺自己整張臉布滿從樹上掉落的細屑，尾骨和雙腿因騎馬痠痛得不得了。就像人們說的，我累到骨髓裡了。

「有早餐嗎？」我問。老人一聽，滿臉不高興。

營火已經滅了，只剩白色殘灰。我覺得很冷，在我呼吸時，小朵小朵的雲霧不斷從我嘴巴裡冒出來。我戴上帽子，看到米頓維爾靠在空地邊緣的樹幹上。我只是對他輕輕點了點頭，不想讓華默發現我怪異的行為。

「你會說夢話。」華默法警以懷疑的眼光打量我。

「我知道。老爸告訴過我。」

「你在睡夢中說了那個名字，米頓維爾。」

我抬起肩膀，噘著嘴脣，做出在思考的樣子。

「他是誰？」華默法警繼續問：「這個米頓維爾。我昨天找到你時，你就是在大喊他的名字。他是朋友嗎？」

我躲到樹木後方小便避開他，沒有回答。

「他是你的朋友嗎？」我回來後，他又問了一遍。他非常堅持要得到答案。

「告訴他我是你的鄰居。」米頓維爾大喊。

「是的，先生。他是我的鄰居。」我一邊回答，一邊拿起馬鞍毯，走向小馬。

「他和你一起來了老密林？」華默法警好奇的看著我。

在斑駁的晨光中，我第一次看清楚老人的臉。他的年紀比我想像的更大。昨晚他戴著帽子，但現在我可以看到他的頭幾乎禿了，只有幾處蓬亂的長白髮如野草般這裡一點、那裡一點的長著。他有一張滿是風霜的大臉，眼睛四周的皺紋讓他看起來親切友善。他的鼻子紅紅的，下巴留著一大把白鬍子。

「是的，先生。米頓維爾和我一起來到老密林的外圍。」我小聲回答，把毯子蓋在小馬背上。「當我進入樹林時，他留在外面。」

「所以他正在你們分開的地方等你嗎？」

「不。我不認為他在等我，不會的。」

「到時候，我帶你走出樹林時，」他不耐煩的說：「你一個人會知道該怎麼回家嗎？我可沒有時間一路帶你回到你住的地方。」

「您不需要那麼做。」我很快回答，「我的意思是，我不想回家，華默法警。我想和您一起去，如果您同意的話。」

他拉緊馬鐙的帶子，笑著搖了搖頭。「我當然不會同意。」

「拜託您。」我懇求他。「我必須找到老爸。我敢肯定那些帶走他的人和您在追捕的人有關係。只要您找到他們，就會找到我的老爸。」

他正在餵他的馬吃蘋果。

「或許有關係，也或許沒有關係。」他回答。「但不管怎樣，你不能和我一起去。」

我昨天還好心和他分享食物，他現在有蘋果卻寧願餵馬也不給我吃，真是惹惱了我。不過我又想起來，他是因為我才沒捕到兔子。儘管如此，我的胃還是很渴望那顆蘋果。

「拜託，先生。」我說：「請讓我跟您一起去。我家裡沒有人等我回去。」

「你爸叫你待在家裡等他。」他不客氣的回答，連頭也沒抬。「你應該聽你父親的話。」

「但如果他有麻煩的話，該怎麼辦？」

他倚著馬背，手肘靠在馬鞍上，看著我。

「小子，你爸顯然已經有一大堆麻煩了。」他回答。「但這並不表示你能幫他擺脫困境。你只是一個小東西，連槍都沒有。」

「可是您有啊！」

他笑了。笑容中帶著一點溫暖，我想他大概是把我當作他的孫子。「聽我說，孩子。」他若有所思的說：「回家吧！在那裡等你老爸回去。你在家會很安全的。我會留意他的行蹤，好嗎？他叫馬丁・伯德，對吧？他長什麼樣子？」

「他很高，也很瘦。他有一頭黑髮，但鬢角參了白髮。銳利的藍眼睛，非常漂亮的牙齒。他是個英俊的男人。不只是我這麼說，我見過女士們在和他說話時害羞的垂下眼睛。他的下巴和我一樣有個美人溝，不過要是他的鬍鬚長出來，就看不到了。」

「好，我已經記下他的長相了。」華默法警一邊戳了戳自己的額頭，一邊說：「我會交代手下這件事，確保如果有一天交火了，不會誤傷他。」

「什麼意思，交火？」

華默法警皺起眉頭。「你不會以為我一個人就能逮到這麼大的偽造集團吧？」他說：「一旦我追上他們並找到了這集團的總部，我就會在峽谷另一頭的羅沙雪倫小鎮集結一隊人。抓到偽造集團的人可以拿到銀行的懸賞獎金，所以一定會有很多志願者。現在，走了，趕快上馬，時間拖得越久，我離他們越遠，再遲我就永遠追不上他們了。」

他騎上馬，喀噠一聲，操控母馬轉身。

我繫好小馬的馬鞍，拉緊皮帶。小馬看著我，我頓時以為牠是希望我也有一顆蘋果可以餵牠，但當我端詳牠的表情，卻又覺得牠是單純的在回應我的情緒。小馬的眼睛看起來有一種屬於人的靈性，尤其是它們現在看著我的樣子，彷彿牠了解周圍正在發生的一切。

「法警說的對。」米頓維爾說。

我瞪著他，因為我無法當著華默的面回應米頓維爾。

「別鬧了！」華默法警大喊。

「我沒有在鬧！」我悶悶不樂的回答。

「回家才是明智之舉，賽拉斯。」米頓維爾繼續說。

我不看他，只是把腳放上馬鐙，抬腿轉身上了小馬。法警拒絕讓我一起去已經夠糟了，我不需要米頓維爾也來嚇唬我。我的肚子裡開始燃起對他和法警的熾熱怒火。

「要出老密林大約得騎上一個小時。」華默法警隨手指著他的右邊說：「我會帶你走出白樺林，從那裡只剩一小段路就能出去了。」

「好。」我興致缺缺的應了一聲。

「好了，小子，用不著擺臉色給我看。我已經向你解釋過為什麼你不能和我一起去。」法警說，試著想讓我看著他，但我才不要讓他如願。

「他是對的。」米頓維爾也堅持。

「我們走吧！」我說，然後用腳跟輕輕碰了碰小馬，跟在華默法警後頭。

3

我們的馬沿著華默法警之前指的方向小跑，直到遇上一條無法並肩騎行的窄路。法警示意我走在前面，他跟在後面。米頓維爾保持固定距離和我們平行走著，不斷在樹林裡進進出出。

「嘿，你掛在馬鞍後面的是什麼東西？」華默法警在中途問我，聲音很輕。

我假裝沒聽見，因為我一點都不想開口說話。

「你聽到了嗎，孩子？你掛在後頭的是什麼？看起來像個小棺材。」

「那是小提琴盒。」

「小提琴盒？你出門為什麼要帶著它？」

我沒有回答。我能感覺怒氣在我的骨子裡翻騰，沿著我的腿、我的脊椎上升，最終到達我的大腦。很痛，我的身體沒有一處不疼。

「你出門為什麼要帶著小提琴盒？」他再度重複。

「為了保護裡頭的小提琴。」

「你為什麼要帶著裡頭的小提琴？」

「我不知道。」

「你會拉小提琴？」

「不會。」

他吹了一聲長而慢的口哨，聽起來就像錫口笛。

「聽著，我知道你很生氣，孩子。」他放軟語調，繼續說：「很抱歉我不能帶你去。不過我向你保證，等這一切結束後，我會去探望你。我會去你在波恩維爾的家，拜訪你和你老爸。你別忘了，你欠我一頓兔肉大餐。」

他試圖以和解的語氣對我說話，卻讓我更加惱火。我本來打算完全不和他交談的，但我的沉默反而讓自己忍不住開口。

「如果他回不來的話，怎麼辦？」我問。我的聲音沙啞，彷彿吞下火球。我說這句話時沒有抬頭，看似是問他，其實也是問我自己。同時，我也在對米頓維爾發問，甚至可以說是在對老爸發問。即使我知道老爸為何離開，但是他的離去感覺像在我身上劃了一道新的傷口。現在我突然意識到，被單獨留下來大概是一個人在世上能遭遇到最慘的事。而我如今又面臨同樣的困境，即將被這個我剛認識的紅鼻子大漢單獨留下。這已經超出我的承受範圍。

「如果老爸回不來，我該怎麼辦？」我又問了一次，意志消沉。

華默法警清了清嗓子，沒有馬上回答。

「嗯。」他鄭重的說：「你有什麼親戚可以投靠嗎？」

「沒有。」

「你媽媽呢？」

「她死了。」

「我很遺憾。」

「她生我時難產死了。」

「她有家人嗎？」

「她嫁給老爸時，因為老爸太窮，所以她家人和她脫離關係了。就算我知道他們住在哪裡，或者叫什麼名字，我也永遠不會去找他們。我老爸那邊也沒有任何親戚，你用不著問我了。一直都只有我和他。」

「我明白了。」他回答，小心選擇即將使用的字詞。「那麼，好吧，也許你可以去朋友家住。」

「我沒有朋友。」

「你的朋友米頓維爾呢？我相信他的家人會願意收留你一陣子的。」

我忍不住從鼻子裡哼了一聲。「不，我不能和米頓維爾住在一起。」

「為什麼？你不喜歡他的家人嗎？」

「他也沒有任何家人！」

「他也沒有？他多大了？」

我搖搖頭。到了此時，我只想讓華默法警閉上嘴，哪來這麼多煩人問題。

「賽拉斯，你這個朋友多大了？」華默法警堅持。「我以為他和你一樣是小孩子。」

「不，他不是像我這樣的孩子。」我大聲回答。「他其實不完全是個孩子。老實說，我不知道他多大了。」

「賽拉斯，你說話小心點。」米頓維爾警告我。

但我已經受夠了。我再也受不了華默法警一個又一個的問題。我真的受夠了。

「據我所知，」我繼續說：「米頓維爾可能已經一百歲了，或說不定有一千歲了。他沒告訴我那類的事。」

「你為什麼要這麼做，賽拉斯？」米頓維爾大喊。

「所以他不是小孩子。你的意思是這樣嗎？」華默法警問。

「賽拉斯，你想清楚再回——」

「不，他不是小孩子，他是鬼，好嗎？」我急促的回答。「他是鬼！你再怎麼試也看不到他！他就是鬼！」

我脫口而出，米頓維爾看著我。我說完後，他悲傷的搖了搖頭，繼續往前走，穿過樹林。

4

我應該先解釋一下。很久以前，大約我六歲時，我們——我和米頓維爾，還有我和老爸——都同意我永遠不該和其他人談論米頓維爾的事。這個共識源自一次令人不開心的意外。那天下午，我在波恩維爾的雜貨店外等老爸，一群孩子無意中聽到我在對米頓維爾說話。那時的我對人們看待這類事情的態度一無所知，當他們問我在和誰對話時，我便毫不猶豫的告訴他們：「我在和我的朋友米頓維爾聊天啊！」你可以想像他們之後是如何嘲弄我，無情的模仿我、取笑我。其中一個男孩甚至動手扭我的手臂，閉上眼睛大喊：「滾出去，你這個惡魔！」

老爸從店裡出來一看到他們，眼神立刻顯現出沉默的怒火。頑童們像田裡的烏鴉四處竄逃。他把我抱起來放進騾車裡，把韁繩遞給我，在這之前他從未讓我駕車，因為騾子脾氣很壞，我的手還太小。我們駕著騾車離開了波恩維爾，老爸坐在我的右邊，米頓維爾坐在我的左邊。「聽著，賽拉斯。」老爸終於開口。「你和米頓維爾之間的友情很特別，值得好好珍惜。但是有些人無法理解，因為他們沒有能力看見那種奇蹟。所以也許，你應該把和米頓維爾的友情當作祕密，至少在你非常非常了解某個人之前，不要告訴他。當然這完全取決你想怎麼做。你能告訴我你是怎麼想的嗎？」

米頓維爾點點頭。「老爸說的對，賽拉斯。其他人不需要知道關於我的事。」

我對華默法警說完那些話，當下就後悔了，但已經無法回頭。從那三個騎士在我家門口出現後所發生的一切都無法回頭。就像我不能回到過去一樣，我也不能將我說過的話吞回去。那是老爸曾經告訴我的另一件事：「世界永遠只往一個方向旋轉，那就是向前，只是速度太快，我們感覺不到。」但我現在卻能感覺到世界在以令人眼花繚亂的速度向前旋轉，而我沒有選擇，只能向前。

我很驚訝華默法警並沒有立刻回應我剛剛的話。相反的，他聽完後只是沉默，彷彿讓我的話懸在空中，讓鳥兒圍繞它俯衝，讓蚊蟲飄浮其中，讓樹木將它吸收。

我們一路安靜的騎著馬，抵達原本計劃要在那裡分開的白樺林。華默法警出聲，叫我放慢速度，但我對他的話無動於衷。小馬一直向前小跑，我正花費很大的心力將自己固定在牠身上，更別說控制牠。法警讓他的馬加速快跑，擋在我們前面，然後坐在馬鞍上轉身看我，我猜他是想向我道別。我猜對一半。

華默法警摘下帽子，用拿帽子的那隻手搔了搔頭。一隻蒼蠅停在他的臉頰上，他試圖用帽子趕走牠。但在他對我說話時，蒼蠅卻不停的在同一個點起飛、降落、起飛、降落。

「孩子，我現在要和你嚴肅的談一談，你聽到了嗎？」他鄭重的說：「你為什麼要這樣捉弄我？你之前跟我說的那些話是為了什麼？」

我看著他的眼睛。「之前跟你說的哪些話？」

他戴上帽子，抿了抿嘴唇。「關於你朋友米頓維爾的事。」

「您是指他是鬼的事？」

「該死的。」他大喊，顯然一提到這個詞就令他不舒服。「你不是真的相信吧？你只是在捉弄我，對吧？」

我搖搖頭，深呼吸。這個時候，米頓維爾走過來站在我們的馬中間。

「告訴他你只是在開玩笑，賽拉斯。」他平靜的說：「讓我們結束這一切，回家吧！」

「我不想回家。」我回答。「我只想找到老爸。」

「我知道你想找到他，孩子。」華默法警回答。

「我不是在和你說話，我是在和米頓維爾說話。」我挑釁的說。

華默法警再次試圖趕走他臉頰上頑固的蒼蠅，但我認為他不過是在爭取時間思考如何回應。

「所以，」他小心翼翼的說：「你的意思是，你正在和他說話，那個米頓維爾現在就在這裡？」

「是，他就站在我們兩匹馬中間。」我看著顯然對我的做法不以為然的米頓維爾。

「你居然幹出這種蠢事。」他咕噥。

華默法警仔細打量我。我看得出來他有些懊惱。他一邊思考該如何回答，一邊再度揮了揮手驅趕在他臉上盤旋的頑固蒼蠅。

我抬頭向上看，因為我不想看他，也因為我想看看天空和在頭頂飛翔的鳥。同樣是老密林，這區比我們之前待的地方明亮多了，和我昨天進入的深藍色森林相比，簡直像白天和黑夜。我現在才弄懂一個關於森林的事實，它和所有生物一樣，不是單一種類獨自存在，而是多樣的混合體。

「聽著！」法警終於打破我的沉思，開口說：「我已經受夠了。我告訴過你我會帶你找到樹林的邊界，現在我們就快到了。如果你沿著這排樹直直往前走，就可以避免闖入沼澤，大約一個小時後就能走進開闊的空地。」他指了指那些像柱子一樣聳立的黑樺樹。「我們現在的位置比昨天我找到你的地方更偏北一些，但只要你順著這條小路走，今晚應該能及時趕回家，睡在自己的床上。」

我知道他在看著我，等我的回應。但我只是又把臉轉向天空，並且閉上眼睛。我敢肯定他一定認為我的腦子有問題。或許是吧，說不定我真的有問題，有時候我也不知道。

我想應該只過了幾秒鐘，但感覺上頗為漫長。

「或者……或者，」他結結巴巴的說，「我想你和我一起去也沒關係。」

他說得這麼隨意，我還以為我聽錯了。我立刻看向他，他直勾勾的盯著我，神情冰冷而嚴肅。

「但是如果你真的和我一起去，」他繼續說：「我無法保證你的安全。而且我不會事事照顧你。如果你扯我的後腿，我就把你丟下。如果你跟不上，我也會把你丟下。如果你對我撒謊……」

「我不會的！」我開心得叫出來，一邊猛搖頭。「我發誓，華默法警，我會跟上您的速度！我絕對不會扯您的後腿！」

他對我豎起胖嘟嘟的食指，像是在警告我。「如果我再聽到你說到鬼，或者任何類似的廢話，那麼我會把你送走。你聽到我說的話了嗎？」

「是的，先生。」我謙遜的回答。

「我不喜歡說廢話。」他激動的說：「我是一個普通人，我說直白的話，我沒有時間去聽你的幻想。也許你老爸可以忍受那種胡言亂語，但我不會。你聽懂了嗎？」

他幾乎是用「嘖」的把最後幾句話說完，感覺像從鼻子裡吐出一口長長的氣順便帶了字一樣。

「是的，先生。」我連忙點頭。

「你確定？」

「確定，先生！」

他對我改變態度讚許的點點頭，我也坐在馬鞍上挺直身體，想給他留下好印象。沒錯，以我的年齡來說，我的個子算小，但我想讓他看到我也可以很勇猛。就我來看，連小馬都振作起來了，馬蹄在地上踏了兩下，彷彿在說：「我準備好了，出發吧！」

從剛剛到現在，我都盡量避免望向米頓維爾，因為我知道事情變成這樣，他會很不高興。我用眼角瞄到他站在一段距離之外，沒有看著我，而是看著我們前方的樹林。我應該要對他說些什麼，但我什麼也沒能說出口。

「好，既然我們達成協議，那就走吧！」華默法警說。他操控母馬轉身小跑過我身邊，從白樺樹旁轉向灌木叢。我知道他打算回到茂密的樹林裡。我像要下水游泳一樣深吸一口氣，迅速讓小馬轉身，也跟在他後面小跑。

我現在唯一想到的是：我們在向前移動。在這個快速旋轉的地球上，我在前進，而非後退。

5

我從未真正的上過學。七歲左右，有一段很短的時間，我去了波恩維爾的一間鄉村校舍。唯一的老師是一位女士，人們稱呼她「巴恩斯寡婦」。然而那時候馬丁·伯德的兒子已經「腦子壞了」（他們就是這麼說的）的謠言四起。巴恩斯寡婦聽到後，在全班同學面前與我對質。儘管當時的我已經很擅長在米頓維爾的事上撒謊，並回答她想聽的話，她仍然強迫我在同學的大笑聲中，在黑板上寫下「世界上沒有鬼」，然後拿尺打我的手，告訴我她的校舍可不會容忍任何自以為是的招魂師。雖然我聽不懂那是什麼意思。

回到家，老爸看到我手上的傷痕，聽到我含淚解釋後，他看起來前所未有的生氣。「像巴恩斯老寡婦這樣的人根本不懂教育。」他一邊在我的手指關節上擦杏仁油軟膏，一邊輕聲的說：「她不知道你的腦子有多厲害，賽拉斯。我這一輩子見過很多這樣的人，他們沒有想像力，心中沒有火花，所以只想把世界限制在他們微不足道的理解之中。但世界是不能被限制的，世界是無限的！而你，雖然年紀還小，卻已經明白這一點。」

他拉起我的小拇指。

「你看到你的小拇指了嗎？你的小拇指可比全世界的巴恩斯寡婦加起來還要厲害。她不值得你流淚，賽拉斯。」

然後他吻了吻我的小拇指，說我們再也不去那間校舍了，從此以後，他會親自教導我。

當然，這可是能發生在我身上最棒的事，因為老爸是一個比巴恩斯老寡婦優秀許多的好老師。我這麼說不是老王賣瓜。因為老爸的教育，我知道許多其他同年齡小孩不知道的事。不過反過來說，有些我這年紀應該知道的事，我卻不知道。老爸說不用擔心，等我長大，所有的知識就會自我平衡。我在進入樹林深處時發現，所有他教過我的知識全回到我的腦袋，甚至是那些我不曉得自己已經知道的事，我其實都記得。

接下來，我和華默法警前進得很順利，比預期的更快趕上進度。我們騎了大半個早上，找到追捕目標留下的痕跡：四個騎著馬的人留在地面的印記。他們不知道自己正被人追蹤，沒有絲毫遮掩。我們一邊行進，法警一邊將線索指給我看。最容易追蹤的是馬糞，因為牛蠅會盤旋在糞堆上空，像一陣小型的霧。其他還有森林地面的斷枝、被撞彎的樹枝，以及形狀圓到不可能是自然形成的水坑。隨著時間過去，我發現自己辨識這些標記的能力越來越好。每次我看到地上有一根被壓過的樹枝時，都會想：也許這凹陷是老爸弄的。光憑這個想法就足以支撐我繼續前進，即使我偶爾還是會覺得自己累到一閉眼就可以睡上一百年。

我們完全沒有停下來吃飯，只在路過溪流時下馬喝點水。直到下午三點多，我們才進入華默法警之前提到的「沼澤區」。到目前為止，我們前進的方向一直與它平行。每隔一段時間，我就會在我右手邊瞥見它。模糊糾結的樹影，顏色比一般的樹更深，似乎難以看到裡面的樣子。光想到前一天我在裡頭聽到的聲音，我的脊椎就開始刺痛。我記得老爸告訴過我，在原始世界，巨型爬行動物曾是地球上的主宰，而那就是我對沼澤的印象：來自另一個時代的東西，屬於另一個時代的生物。

儘管如此，我們最終仍無可避免的非進去不可。我們追捕的人已經進去了，所以我們也只能進入。我盡力隱藏我的恐懼，不敢在法警面前透露一絲一毫。穩住。穩住。我們進去時，我在馬鞍上坐得筆直，裝出一副勇敢的面孔，沒有讓目光停留在像蛇一樣盤繞在樹上的藤蔓，也不去看纏結在頭頂上宛如巨大黑色匕首的樹枝。我們繞著一根又一根的樹幹蜿蜒前進，周圍的一切似乎都在滴水，看起來溼淋淋的。我努力忽視竄起的刺骨寒意，呼吸的霧氣持續從鼻孔冒出，這裡的空氣厚重沉悶。突然，一陣霧飄過來，我又開始聽到那些聲音。

起初還很遙遠，我以為或許只是在附近嗡嗡作響的蚊子。但是我們走得越深入，嗡嗚聲就越大。很快的，我聽到的不再是嗡嗚聲，而是人的聲音。有人在哭，在低聲說話，和昨天一樣，和我第一次跟老爸一起進入老密林時一樣。該怎麼形容那種聲音？感覺很像進入一個同時有數百人在交談的巨大房間，有人提高音量，有人輕聲細語，有人語氣緊張。而這一次，我根本不打算告訴自己那是我想像出來的，因為我知道那是什麼。那是鬼魂的聲音。

我害怕小馬會像昨天一樣突然狂奔，所以我一直低著頭，下巴抵在脖子上緊跟在華默法警身後。我其實非常想閉上眼睛，但我需要睜眼保持警戒，以免跟丟。我不斷的對自己精神喊話：「勇敢點，賽拉斯！你可是打敗閃電的勇者。」

很快的，我的眼角開始瞄到樹林間的身影。起先不是很清楚，只是有東西在移動。那東西並沒有清晰的出現在我的視野，而是看似模糊的身影在泥濘中行走。我不敢直視，生怕自己忍不住尖叫起來還得向華默法警解釋。現在我已經相當熟悉這種身體變化：臉頰泛紅、脊椎發顫、全身抖個不停。我每次遇上他們，不僅心智會被恐懼占據，甚至連生理都會自行反應，畢竟我是個活生生的男孩，他們是死去的人，是圍繞在我身邊的亡者。

越到沼澤深處，我見到的模糊身影越多。許許多多的人影四處走動、自言自語、嗚咽、咒罵、尖叫、感嘆，有的在哭泣，有的在大笑。他們是鬼，每個都有自己的目的，自己的祕密，述說著自己的故事。他們走在我們前面、後面、旁邊，並沒有看到我們，也沒有看到彼此，有老人、年輕人和孩子。如果你問我他們長什麼樣，我無法告訴你。因為我不敢直視他們，我一點都不想看到他們。

有個身影距離我很近，我以為她會碰到我，所以我移動大腿避開她。這動作引得她抬頭看我，那一刻她一定意識到我能看見她。儘管我努力避免直視她，但現在根本躲不開了。我將她看得很清楚：她的一隻眼睛因恐懼而睜得大大的，另一隻眼睛卻不在該在的位置，因為她的半顆頭不見了，只剩一團模糊的血肉。

我忍不住倒吸一口氣，此時所有的鬼一齊抬頭，發現了我的存在。他們身上全帶著被殺死時的傷口——割傷、砍傷、槍傷、撕裂傷、腐肉和燒傷，快從骨頭掉下的皮膚，滲血的四肢，全都血淋淋的。然後他們開始走向我。為什麼？我不知道。我再也忍不住，大叫出聲。

「出了什麼事？」華默法警一邊大喊，一邊坐在馬鞍上轉身看我。

我在他還沒完全轉過來前就衝了出去。我不知道小馬是出於牠自己的意願，還是對我突發的痛苦做出回應，但牠衝到法警那匹壞脾氣的棕色母馬前頭，像昨天一樣全速前進，拚命往前狂奔向任何沒有鬼的地方。

第四部

任何物體，在暴露於光之後，
都會在黑暗中保留一些對那道光的印記。

——尼塞福爾．涅普斯《科學發現年鑑》
（Nicéphore Niépce, *Annual of Scientific Discovery*, 1859）

1

幾乎每個春夏的晚上，有時甚至持續到入秋，我和老爸吃過晚飯後都會在門廊坐上一個小時，在吹拂草原的涼爽微風中，欣賞美麗的夜空。老爸常拿他以前的日記朗讀給我聽。無論裡面提到的事有多複雜，他總是細心解釋到我明白為止。有時他也讀故事，他知道我會喜歡哪種故事，例如亞瑟王的騎士、火槍手、海盜和水手之類的。喔，還有魔毯和半人馬。

偶爾幾個晚上，他會索性擱下所有的書，在漫天的星辰中勾畫人物的輪廓。那些星座的故事實在是太美妙了！老爸以柔和悅耳的聲音帶我穿過沙漠和海洋。他會自創一些生動的字彙為故事增色，例如「傻蛋」。「卡西歐佩亞毫無疑問是個傻蛋女王。」意思就是她很蠢。

「習習」是輕柔的微風吹過海面的聲音。

「若芽」是形容早春嫩草的顏色。

話。

直到很久之後，我才發現那些不是美式英文，而是老爸從海的那一端帶來的家鄉

小馬一出了沼澤，我就停下來等華默法警追上我。那時我腦袋裡唯一能想到的只有老爸曾對我說過的：「賽拉斯，你要面對咆哮了。」

他說的沒錯。

2

如果我說，華默法警終於追上我之後大發雷霆，絕對是輕描淡寫。老人臉色鐵青，整張臉和番茄一樣紅，氣得幾乎說不出話來。

「我看到了一頭熊」是我唯一想到合理的謊言。「對不起。」

他上氣不接下氣，彷彿追趕我的是他自己，而不是他的馬。

「熊！」他終於咬牙切齒的說：「你看到了一頭熊，然後都不跟我說一聲？我的老天爺，下次你看到什麼東西，直接喊出來！聽到沒有？」

我點了點頭。「對不起，華默法警。」

「什麼樣的熊？黑熊？灰熊？」

我還在為剛才的遭遇顫抖，只想繼續往前騎，盡可能離那裡越遠越好。「我不知道，我只看到一個影子……」

「一個影子？」他鼓起臉頰，長長吐出一口氣，像要吹滅蠟燭那樣。「我為什麼會同意帶你一起去，我真的不知道。」他喃喃說著，不像在對我說話，比較像是自言自語。

我想我最好不要做任何回應。

「我只想說，你很幸運，沒有跑到離我太遠的地方，小子。」他對我伸出彎曲的粗大手指，揮動著繼續說：「因為如果你真的那樣做了，讓我告訴你，我是不會花力氣去找你的！讓狼吃掉你吧，我才不在乎！現在給我聽好：如果你再這麼做的話……」

「不會的！絕對不會發生第二次。我保證。」

他憤怒的扯了扯自己的鬍鬚，仍舊氣得咬牙切齒，過了好一會兒，他才開始平靜下來。當他終於不再生氣時，他舉起雙手，用手掌抹了抹臉。

「嗯，我想這裡是紮營過夜的好地方。」他環顧四周。

「不要在這裡，拜託。我們能不能再騎遠一點？」我的身體還在抖個不停。

他瞪大眼睛，彷彿不敢相信我居然有勇氣反駁他。

「求求你，只要離沼澤稍微遠一點就好？」我懇求。

「為什麼你會以為我們已經離開了該死的危險沼澤？」

我心裡想，因為這裡沒有鬼。

「這裡的地面沒那麼潮溼。」我回答。

「完全正確！這裡的地是乾的！」他一邊喊，一邊向我揮拳。「這就是為什麼我們應該在這裡紮營！」他挽起袖子。「現在下馬，開始生火！天快黑了。我們已經連續騎了十二個小時，馬需要休息。」

他翻身下馬，伸了個懶腰，手撐在臀部。我不禁注意到，即使他試圖站直，但他的背部卻永遠彎成一個角度。當法警發現我在看他時，大吼：「我說了，滾下那匹笨馬！去給我們撿些柴火！動作快點，趁現在天還沒全黑！」

我下了馬，將小馬綁在附近樹上，然後匆匆忙忙的開始尋找可以引火的樹枝。

3

米頓維爾走向我時，我雙臂抱滿木柴，離他有一大段距離。

「你還好嗎，賽拉斯？」他語帶同情的問。

「我不能讓他聽到我在和你說話。」我低聲回答，快速回頭瞥了華默法警一眼，確保他沒在看我。「我不想再惹他生氣了。」

「我不喜歡他對你說話的方式。」

「是我不該讓小馬就那樣跑掉的。」

「牠嚇到了。」

「所以你看到剛剛發生什麼了吧？在沼澤那裡？」

他咬緊牙關。「我看到了。」

「實在太多了，米頓維爾。而且渾身是血。我這輩子從來沒有這麼害怕過。」

「我知道。不過，現在沒事了。」

「但要是今晚他們在我睡著之後出現呢？」

「不會的。他們只會留在沼澤那裡。」

「為什麼？」

「本來就是這樣。」

「可是為什麼？他們為什麼只會留在沼澤裡？你又怎麼知道？你昨天還告訴我，你不知道他們是什麼。」

「那時候我還不是很確定，但今天我也和你一樣『看到』他們。他們是什麼應該很明顯了。」

「他們是鬼。」

他做了個怪表情，點了點頭。

「但他們和你完全不同。」我說。

他聳了聳肩，好像不知道該怎麼回答。

然後我靈光一閃。「他們不曉得自己已經死了，是不是？」

他站著，沉默了好幾秒。在他低頭看著自己的手時，頭髮垂下來遮住他的眼睛。

老實說，有時候，我摸不透他在想什麼。

「我只知道，」他輕聲回答：「我能看見他們，但是他們看不見我。至於為什麼會這樣，或者怎麼會變這樣，我不清楚。也許原因正如你說。」他拂開臉上的頭髮，專注的看著我。「重點是，賽拉斯，你必須記住，他們並不想傷害你。他們留在沼澤是因為，嗯，我想是因為那裡對他們有特殊的意義。但不管是為了什麼，都與你無關。所以你不用擔心他們今晚會在這裡出現，懂嗎？你會沒事的。」

「你到底在做什麼！」在營地另一頭的華默法警大吼：「怎麼去了這麼久，孩子？」他在樹木的空隙間尋找我的身影。

「來了！」我大喊回應，然後對米頓維爾說：「在他又大發雷霆之前，我們趕快回去吧！」

「去吧！我明天再來看你。」

「等一等，你不跟我回營地嗎？」

「如果可以的話，我寧願留在這裡，反正我也還是能聽到你的聲音。」

「因為你不喜歡他嗎？」

他瞥了一眼已經在發脾氣的法警。老人怒不可遏的踢開睡袋，跺著腳，咒罵著，暴跳如雷的指責我為什麼還沒生火。「就像我之前說過的，」米頓維爾說：「他對你說話的方式讓我覺得不舒服，他就是個刻薄的老頑固。」

「我知道他是，但他會幫我找到老爸，而那是我唯一在乎的。」

「嗯，他最好開始對你好一點，不然的話……」

「不然的話？你要揍他一頓？」我笑了。

「喔，你不知道我能做什麼！」他一邊以滑稽的口吻回答，一邊將手握成拳頭。

「無論如何，如果你需要我，我就在這裡。好好睡一覺吧！晚安。」

「晚安。」

我開始往營地走，然後突然想起一件事。

「對了，你覺得伊瑟龍如何？」

他思索了一下這個名字。「它的出處是哪裡？」

「赫克托爾[1]的馬。」

他重複唸了幾次。「我還是比較喜歡『小馬』。」

我皺起眉頭。「嗯，好吧。」

「不過你還是可以繼續想。」

「我會的。」

4

回到營地後，華默法警拒絕和我說話。我在生火後找到羊肚菌，想分一些給他。他也只是粗暴的揮揮手示意我走開，點燃他的菸斗，凝視營火。老實說，我覺得這樣也好，不用勉強自己說話我還滿高興的，至少一開始我是這麼認為。然而，隨著夜幕降臨，沼澤區的鬼魂不斷在我腦海盤旋，太過安靜的環境讓我失去理智，彷彿不管我的眼睛轉向哪裡，都會在黑暗中看到那女人的臉。鮮紅的血，她死時的恐懼如此明顯。我無法擺脫腦子裡不斷迴轉的問題，所以到最後，我不得不打破沉默。

「華默法警？」我的聲音像夜裡出現的小老鼠，即使在自己的耳朵裡，聽起來也沒兩樣。「我可以問您一個問題嗎？」

---

1 Hector，古希臘史詩《伊里亞德》中的特洛伊王子。伊瑟龍（Aethon）則是他的其中一匹戰馬。

他警惕的看著我。「什麼。」
我非常謹慎的選擇措辭。「那裡曾經發生過什麼事情嗎？就是我們經過的那個沼澤？」
「你是說你看到熊的地方？」他冷笑一聲，然後朝營火吐了口水。
我假裝沒聽懂他的嘲諷。「我記得老爸告訴過我，這地方發生過很多小規模衝突，在拓荒者和原住民之間。」
「這些都是爭議領土，如果你指的是這件事的話。」他一邊回答，一邊把一根小木棍扔進火裡。「但我們把他們趕出去了。」
「我們是指誰？」
「政府。」
「把他們趕出去？」
「趕回印第安人領地！你的問題真多，願上帝把你所有的問題都炸了！」
我想到那些鬼。

「我不認為他們被趕出去了。」我平靜的指出。「我認為他們都被殺了。」
「雙方各有死傷。相信我。」
「我老爸說印第安人所遭遇的事很令人反感。」我回答。
華默法警哼了一聲，又將另一根木棍扔進火裡。
「我也認為那很令人反感。」我補充。
「嗯，你只是個臭小孩，什麼都不懂。」
「『讓我們戰鬥吧！如果非這樣不可，讓我們死去吧！但是千萬別讓我們去征服。』」
「這也是你老爸說的？」
「這是芬乃倫寫的。你知道他是誰嗎？」
「我猜是你另一個鬼朋友？」
「他是個作家。」我回答。「法蘭索瓦．芬乃倫，他寫了《鐵拉馬庫斯歷險記》，您知道嗎？」

他看起來對我的問題相當驚訝。

「萬一你還看不出來，告訴你一聲，我不是個愛讀書的人，孩子。」

「嗯，那是我在世界上最喜歡的書之一。」我回答。「這一段是芬乃倫小時候為法國國王寫的。他曾經寫過，只有為實現和平而戰的戰爭才是正當的。可是我們的政府不是為和平而戰，它是為了爭奪土地而戰，所以我認為它缺乏正當性。」

華默法警從外套掏出水壺，喝了一大口。

「我的意思是，你不能搶走別人的土地，還指望他們與你和平相處，對吧？」我繼續說。

他揉了揉眼睛。「嗯，如果你武力夠強大，你想做什麼就能做什麼。」

「這種態度太可怕了！」我大喊。

他抬起下巴對著我，目光如炬，我很確定他要責備我了。

「你真是讓我吃驚啊，小子！」他回答，打了個嗝。

就在那時我才意識到他的水壺裡裝的不是水，而是能讓他心情變好的東西。

「我敢打賭，您甚至不知道鐵拉馬庫斯是誰。」我說。

「沒錯，你贏定了。」他回答。

「您想知道嗎？」

他揚起眉毛，吹了一聲短短的口哨。「當然，小子。我確實好想知道。」

我再一次假裝沒注意到他的諷刺。

「鐵拉馬庫斯是尤利西斯的兒子。」我說：「尤利西斯是參加特洛伊戰爭的所有希臘戰士中最聰明的。但是尤利西斯做了一件事惹怒眾神，所以受到懲罰，故意讓他在戰爭結束後，回伊薩卡的途中迷路。二十年過去，尤利西斯還是沒回到家。他在戰爭前留下一個剛出生的兒子，也就是鐵拉馬庫斯。後來鐵拉馬庫斯就出發尋找尤利西斯，想把他帶回家。」

華默法警雙臂抱胸，歪著頭看我。「你為什麼要告訴我這些？」他疲倦的說。

「我不知道。」我回答。「我只是覺得這有點像我在找我老爸。」事實上，直到我說出這句話時，我才想到這之間的關聯，但有人可以分享這個想法讓我很開心。「還有鐵拉馬庫斯，他去冒險時，有一個叫曼托爾[2]的人陪著他。您不覺得那有點像您的角色嗎？我的意思是，您教導我許多事，像是老密林的常識，如何生火之類的。」

我以為這樣的讚美會讓他高興，但他卻一臉惱怒。他把水壺舉到我面前，一副要和我乾杯的樣子。

「你是個很健談的孩子，你知道嗎？」他這麼回應。

我臉紅了，突然覺得自己很傻。

「我以為您會覺得有趣，沒有其他的意思。」我有些抱歉的回答。「老爸告訴過我，古希臘人非常重視長途旅行、返回家鄉之類的事。」

「我告訴過你，我不喜歡看書。」他抱怨道。「總而言之，時間不早了。」他喝光水壺裡的最後一滴液體。「說實話，你像一隻被詛咒的鳥一樣老是嘰嘰喳喳的，令我昏昏欲睡。晚安。」

「晚安。」我的聲音微微顫抖。

「你可以明天再告訴我更多關於那本書的事，如果你想要的話。」我猜他的口氣應該是想表達和解。到了此時，他已經將帽子拿下蓋在臉上。「哈！」他從帽子下說：「像鳥一樣嘰嘰喳喳，你的姓還剛好是伯德[3]。剛剛我說那句話的時候，甚至還沒想到這個笑話。」他瞄了我一眼。「不過很有趣，你不覺得嗎？喔，我真不是人。你不是在哭吧？」

「沒有。」

「哭就哭，我沒關係的！」他咆哮。

「我沒有哭！」

「好！」

「我知道你覺得我很怪。」我用指關節擦了擦眼睛。「不是第一次有人這麼想了。」

---

[2] Mentor，亦有良師益友、導師之意。

[3] Bird，鳥的意思。

他發出呻吟，也有可能是一聲長長的嘆息。

「我不會用『怪』這個字。不過我的確會說，你和我以前見過的孩子都不一樣。」他回答，語氣聽起來並不刻薄。

我吸了吸鼻子，止住眼淚，移開視線。「您水壺裡裝的說不定根本就不是水。」

「當然是！這是我特調的花蜜水。」

我不以為然的搖搖頭。

「讓我告訴你吧！孩子。」他含糊不清的輕聲說：「世界上沒有任何東西在白天看起來不如晚上的，所以閉上眼睛好好睡一覺。明天早上醒來，你就會感覺好多了。」

「月亮在晚上就比白天好看。」我回答，試著不讓自己的聲音哽咽。

他茫然的看著我好一會兒，似乎花了點時間才明白我在說什麼。

「哈！」他一邊說，一邊點頭。「你的確抓到我話裡的漏洞了，孩子。晚安。」

然後他又用帽子遮住臉，在我還來不及數到十之前就傳來鼾聲。

5

我剛才說，月亮在晚上就比白天好看，這確實是很棒的反駁。不曉得米頓維爾有沒有聽到，他一定會認為我很聰明，堵上了這個不大聰明的老人的嘴。我知道老爸也會喜歡這個小故事的。

光是想起老爸，我的心臟就彷彿漏跳了一拍。

我看見頭頂上透過樹梢向外窺探的月亮，漆黑的天空掛著一輪滿月。老爸正看著同一個月亮嗎？我在心裡想。他此時此刻在做什麼？他在想念我嗎？

不過一個月前，我和老爸還在我們的門廊拍了一張像這樣的滿月相片。好吧，其實和這個月亮還是不大一樣。真的只是一個月前嗎？感覺像好久以前的事了。

（我的腦子一如往常的，在我開始想事情時，便不受控制的往各個奇怪的方向奔馳。）

我們本來的計畫是要將那張相片寄去參加攝影比賽。老爸在科學期刊上看到那個比賽的廣告，「月球相片」冠軍得主將獲得五十美元的獎金，相片還會在一八六二年的倫敦博覽會上由皇家天文學會展出。

「一張月亮的相片可以得到五十美元？」老爸在吃早餐時將攝影比賽廣告拿給我看，我表示懷疑，那時才十一月。「對我來說，似乎太好賺了一點。」

老爸笑了。「喔，這比你想像的難多了，兒子。」他溫和的說：「首先，你需要一架大望遠鏡，至少兩公尺長，也許還不只，就像幾年前傅柯幫科學院做的那種。讓我提醒你，這必須使用鍍銀玻璃做的反射鏡，而不是大多數業餘愛好者仍在使用的金屬反射鏡。玻璃得經過研磨，塗上硝酸銀和氨水，可能要再加上一點鉀鹽和乳糖。然後還得做出一種特別的發條，再找到可以安裝整個儀器的東西。不，不，要做的事太多了，兒子。這就是為什麼在德拉魯[4]之後，再沒有其他人做得好，那是一項非常精細而複雜的大工程。」

「爸，你知道嗎？」我說：「你應該去做，你應該參加這個比賽！」

「哈？」他輕哼了一聲，以為我在開玩笑。

「為什麼不？你會贏的！」

他挑起眉毛看著我。「你知道組裝這種望遠鏡要花多少時間和金錢嗎？」

「可是你已經做過一架望遠鏡了。」

「那個沒辦法用的，兒子。」

「而且我們從你的鐵版相片上賺了不少錢。」

「那些要留著給你將來繳學費。」

「可是如果你贏了，我們就能去倫敦了，老爸！你可以戴一頂高帽子去參加博覽會！」我將手臂舉過頭頂，比劃他的帽子會有多高。

「嗯，那一定很壯觀。」他回答，似乎也覺得很有趣，往後靠在椅背上。

「做嘛！一定會很好玩，我會幫忙的。」

4 Warren De la Rue，十九世紀以天文攝影聞名的英國天文學家。

他笑了笑，同時嘆一口氣。幾秒鐘後，他說：「你會幫忙的，是嗎？你還記得我教過你月球軌道的事嗎？近地點是什麼意思？」

「那是當月亮……」我猶豫了。

他笑了。「那是月球軌道上離地球最近的點。」

「離地球最近的點。」我馬上表示同意。

他點點頭，伸手去拿他的閱讀眼鏡，然後拿起桌上的《農夫年曆》，開始翻閱。他在其中一頁停下，伸出手指在一個表格上移動。「一八六〇年三月七日：滿月將出現在近地點附近。」他大聲朗讀，然後從眼鏡上方看我。「那就是我們應該拍照的時機，到時滿月離地球最近。在今年剩下的時間裡，不會有比它更亮或更大的月亮。」

「所以你是說我們要參加比賽嗎？」

他合上年曆。「嗯，既然你答應幫忙……」

我興奮得拍手。「太棒了！我們要去倫敦了！」

「等等，冷靜點，不要抱持太大的希望。距離三月七日只有四個月，在那之前我們還有很多工作要做，艱難的任務可是沒有捷徑的。」

老爸並沒有誇大其詞！在接下來的四個月裡，老爸每天晚上的工作量多得驚人：組裝望遠鏡，製作時鐘驅動器和木製支架，試驗膠體混合比例，改裝相機盒。除了晚上做的這一切，他在白天仍然按照訂單做靴子，也在工作室為人拍肖像照。每晚我上床時，他都趴在堆滿書本的桌子上；隔天一早，我都會看到他還坐在同一個地方。但他從來不曾抱怨，似乎很喜歡這項任務，即使他的手掌因長期拿著砂岩研磨鏡片、拋光玻璃而開始流血。

隨著大日子越來越近，它便成了我們談話時的唯一焦點。如果那天晚上下雪怎麼辦？如果有雲呢？如果天氣太冷，鏡頭起霧怎麼辦？如果風太大造成相機移動怎麼辦？終於，三月七日到了，我滿懷期待。連平時對自己的熱情總是淡然處之的老爸，也幾乎無法抑制內心的興奮。

還好那天黎明破曉時，天空清澈晶亮，沒有一片雲彩，我們簡直不敢相信自己的好運，感覺像上天與我們合謀要一起創造出美麗的作品，而我們已經做好準備。到了此時，我們已經多次排練當晚該做的事，以確保一切順利進行。老爸在門廊地板上畫了個大「X」標誌木架的擺放位置，並且用屏風圍住門廊防風。太陽開始在天空下沉時，我們把望遠鏡搬出來。它的外表並不特別優雅，只是一個由未拋光的粗糙胡桃木製成的長方形盒子，然而盒子內部可是裝著一組精心排列的鏡面玻璃片。老爸說：「這些鏡片會讓月球來到我們觸手可及之處。」望遠鏡的底部則是老爸小心翼翼固定上去的相機。然後，在他調整好角度、固定好基座之後，他便走到門廊臺階在我身邊坐下，兩個人一起默默的等待夜幕降臨。當月亮開始從山後升起時，景色真是壯麗非凡。

「哇！」我心存敬畏的輕聲說：「它看起來像太陽一樣明亮。」

「是太陽讓它發光的。」他低聲回答。

「可是太陽沒有出來啊。」

「它當然在。」他揉了揉我的頭髮。「即使我們看不到，太陽也永遠不會停止發光。記住，千萬別忘了這一點。」

「好。」

「我覺得現在天色已經夠暗了。」他站起身，拍了拍他的褲子。「我們準備好要動手了嗎？」

「準備好了！」我一邊說，一邊高興得跳了起來。

他將火棉膠倒在玻璃板上，稍微傾斜，讓溶液覆蓋整個表面，將玻璃板變成負片。然後用硝酸銀讓它感光，再將板架送進相機盒，蹲在黑色布幕後調整聚焦板。

終於，在所有的準備都就緒之後，他深吸一口氣，小心翼翼的揭開鏡頭蓋開始曝光。我們從二十開始倒數……

六、五、四、三、二、一。

他把鏡頭蓋放回去。我聽到他呼氣的聲音，才發現原來他在這段時間一直屏住呼吸。

蓋住鏡頭後，他迅速從相機盒裡取出板架，走進地窖的暗房，裡頭只用一盞暗紅色燈籠照明。他將鐵版相片的溶液倒在玻璃板上，好顯現出月亮的潛像。

像這樣讓原先看不見的東西變成看得見，對我來說是一種奇蹟，一直以來都是，以後也永遠如此。月亮的負片慢慢的，猶如魔法般的，在溶液中的玻璃板上成形。

老爸捏著玻璃板邊緣，將它從溶液中拿起，放入另一個裝了雨水的淺盤輕輕沖洗，然後舉到眼前，在昏暗的紅光下仔細檢查。水珠不停的從玻璃板底部滴落到地板上。

「我必須承認，賽拉斯。」他一邊微笑，一邊檢視負片的每個角落，慢慢的說：「它超乎我的預期，比我想像的更好。邊緣很明顯，陰影區域濃淡分明，細節纖毫畢現，連隕石坑內都一清二楚。它真的可能讓我們得獎！」

「可以讓我看看嗎？我也想看！」我興奮的說。

「當然，不過你要非常小心。」

他把玻璃板遞給我，我的手指才剛圈住它的邊緣，它卻幾乎立刻從我手中滑落。不到兩秒鐘，玻璃板已經在我腳邊碎成了無數的玻璃屑。

我倒吸一口氣，彷彿我的肺突然被刺穿了。

「喔，不。」我用手摀住了嘴，激動得上氣不接下氣。「不、不、不。」

我開始呻吟，不敢相信自己剛剛做了什麼。

「沒關係的，兒子。」

我無法抬頭看他的臉。「喔，老爸……」

我張開嘴巴卻不知要說什麼，所有話語就如同地上的玻璃屑般全碎在我的嘴裡。

「沒關係的，兒子。」他一邊輕聲重複，一邊揉著我的肩膀。「我保證，真的沒關係的。」

我無法克制的陷入啜泣，湧出的淚水顫抖著，撕裂我全身。我怎能這麼愚蠢！我怎能這麼笨拙！巴恩斯寡婦是對的。他們說的沒錯，我就是腦子壞了！

原本我很可能會崩潰倒臥在一堆玻璃碎片裡，但老爸一把將我抱起，走進廚房。我哭得太厲害，頭開始隱隱作痛，眼睛也刺痛著。我沒發現腳踝上全是細小的玻璃碎片，直到我看到上頭的血。

老爸將我放在餐桌邊緣，小心翼翼的拔除我腿上的玻璃碎片。我試著讓自己冷靜下來。他一邊用碘酒擦掉血漬，一邊低聲安撫我：「重要的從來不是博覽會或獎金，不是嗎？真正重要的是，我們做到了，賽拉斯。我們為月亮拍了一張好相片，這才是最重要的，兒子。我們做到了。」

他叫我看著他。當我抬頭時，他面帶微笑的用雙手捧著我的臉，用大拇指擦乾我的眼淚。

「還會有其他月亮的。」他向我保證，專注的看著我的眼睛。「別擔心。」

然後他擁抱我。我知道一切都會好起來的。

他把我抱回我的房間，坐在我的床沿上守著我直到我睡著。

兩個小時後我醒來，眼睛因哭太久而浮腫。老爸不在我的床沿了，但米頓維爾在。

「你看到之前發生的事情了嗎？」我問。「我打破了月亮。」

「我看見了，我很遺憾。」

「老爸睡了嗎？」

「他在門廊上。」

我躡手躡腳的下了樓梯，從廚房窗戶向外張望。老爸確實在門廊，身體靠在望遠鏡旁的柱子上。月亮之前所在的位置只剩一團朦朧的黃霧，但老爸仍然抬頭望著天空，彷彿他依舊能看到一樣。他的眼睛在黑暗中閃閃發光。

他看起來很平靜，我沒有打擾他，只是悄悄的回到床上。

「還會有其他月亮的。」米頓維爾重複老爸的話。

「不會和那個一樣。」我回答，將被子拉過頭頂。

現在，當我躺在陌生樹林的陌生地面上，仰望著一輪比我們短暫捕捉到的月亮還要皎白的滿月，我所能想到的全是那時老爸仰望天空的眼睛，閃耀的光芒比任何月光都要明亮千百倍。

回想起來，我知道那晚照亮月亮的，不是太陽，而是老爸。

第五部

我們不知道他們爲什麼能來，
也不知道他們爲什麼不能。

——凱瑟琳・克洛《自然之夜》
（Catherine Crowe, *The Night-Side of Nature*, 1848）

1

隔天早上，我醒得比華默法警還早，便提前做好出發的準備。等他一起來，我們就上馬啟程。沒有閒聊，沒有浪費時間吃飯。

幸運的是，我們不必再進入沼澤區。我們追捕的人一定和我們一樣討厭那片沼澤地，因為他們後來改繞著它走，不再冒險穿越。我當然鬆了一口氣，我不用被迫進一步認識沼澤裡的鬼，而且也不用再被裡頭的蚊子無情的狂叮。

「它們怎麼不叮你？」當我們停在小溪讓馬喝水時，我嗚咽抱怨。華默法警身上連個包都沒有，而我卻抓癢抓得都見血了。

「我猜我的皮膚對它們來說太硬了。」他洋洋得意的回答。「等你到我這年紀時也會這樣。」

「你幾歲了？」

「嗯，你知道嗎？其實我不大確定。」他一邊咕噥，一邊瞇起眼睛看著小溪對面的樹。「老實說，因為在樹林裡待太久，總是在追捕這個逃犯、那個逃犯，我已經喪失了時間感。現在是西元幾年啊？」

「一八六〇。」

「嗯，聽起來應該沒錯。我告訴你，孩子，時間被這裡的樹林吞噬了。我們走吧！」

他鞭策他的母馬快跑，我盡責的跟上。

我其實也注意到了，在樹林裡會失去時間感。我們騎馬時，我常常忘了現在是早上，還是下午。幾分鐘感覺像幾小時，幾小時感覺又像幾秒般轉眼飛逝。有時我們騎著馬，感覺像一遍又一遍的看到同樣的樹、同樣的林子、同樣長滿血根草和繁縷草的山丘，然後突然間，我們來到明亮的小空地上，好像看到陽光下的人間天堂。每一棵樹，每一根樹枝，都閃爍著金色的光芒，當我仰頭往向上望時，可以看到樹冠上方的天空散發出藍色光芒，美麗而眩目。

我漸漸覺得時間猶如樹林裡斑駁的陽光來來去去，有時隱藏，有時閃耀。我們一直穿越其中。我感覺像《聖經》裡被大鯨魚吞下肚的約拿一樣與世隔絕，樹木像巨型肋骨將我圈住，小馬就是我的小船，隨著我在海上顛來倒去。雖然我連海邊都沒去過，但在我的想像中應該是這樣的。

那天我們只停下來休息過一次，不過時間還算久。我想應該是中午，但不確定，可能還更早一點。

我從小馬身上跳下來，動手摘蕨菜。華默法警彎著腰趴在地上，檢查進了灌木叢後些許模糊的路徑痕跡。我忍不住再次注意到他的駝背有多嚴重。

「你愣在那裡做什麼？」當他發現我在看他時，他大聲向我咆哮。

「沒做什麼！」

他真的是個脾氣暴躁的老人，有時候真令我受不了。

「我拔了一些蕨菜，晚一點可以吃。」我指著身邊的蕨類植物。

「那些有毒。」他面無表情的說。

「什麼？」我急忙丟下蕨菜，在外套上擦了擦手。

「幫我一把。」

我伸出手，他握住，借力將身子往上拉。

「只有棕色葉鞘的那些才能吃。」他一邊站起來，一邊說：「我們現在出發吧！我知道他們往哪邊走了。」

我翻身上了小馬，看著他因為背痛，掙扎上馬的姿勢有些狼狽。

等到我們的馬以固定速度奔馳時，我對他說：「順便說一句，我老爸知道怎麼治療背痛。」我們並肩騎在寬闊而陰暗的空地上。「我的意思是，等我們找到他之後。他可以幫您調整背部的椎骨，就像他幫我做過的那樣。」

「你在胡說八道些什麼？」

「兩年前我被閃電擊中後，」我繼續說：「因為重摔倒地，我的背部非常不舒服，所以我老爸找了好多本解剖學的書來研究。瞧！他治好了我的脊椎，所以他也能治好您的！」

他生氣的瞥了我一眼，我迅速移開視線。

「真的，如果我老爸想當醫生也是沒問題的。」我繼續說，小心翼翼的不去看他，就像你不想直視一頭野獸一樣。「他擁有很多生物學之類的知識，或者他也可以當個科學家。」

「我以為你說他是個鞋匠。」

「那只是他的謀生手段。」我回答。「但是他知道很多其他的事情。您絕對沒有遇過任何比他更聰明的人，華默法警！您若認識他，可能會說他是個天才。」

「是這樣嗎？」

「我想那就是他們帶走他的原因。」

「你這是什麼意思？」

「他們可能認為他能夠幫忙處理那些『維照』什麼的。」

「偽造。」

「偽造。」

「你甚至不知道那是什麼，對吧？」

「我確實不知道，先生。」

「你知道芬乃倫是誰，卻不知道偽造是什麼。」

如果他想做的是讓我覺得自己很蠢，那麼他成功了。「我又沒說過我是天才。」我喃喃自語。

「偽造集團就是一群製造假鈔的人。」他解釋。

「假鈔？他們怎麼可能做得到？」

「有幾種不同的方法。」他回答。「基本上，他們先將舊鈔票上的墨水洗乾淨，然後印上更高的面額讓它看起來夠像真的，再拿去市面流通。」

「他們怎麼把墨水洗乾淨的？」

「使用化學藥水之類的。」

我心裡忍不住狂喜。「那麼我的推論就很合理了！老爸就是用化學藥水把相片打印在紙上的，華默法警。他的相片不像蛋白印相那樣只能停留在表面，而是會將色彩染進紙纖維內。他為這種特殊作法的相關技術全申請了專利。」

他坐在馬鞍上，身子稍微往後靠，咬著臉頰，似乎很認真的在考慮我說的話。

「嗯，我必須承認化學藥品什麼的有點超出我的理解範圍。」過了好一會兒，他才回應。「但是你可能是對的，孩子。這些人一直在找新的方法製造偽鈔，不管銀行採取什麼預防措施，偽造集團永遠有辦法破解。」

「在我看來，印假鈔其實也沒那麼糟糕。」這些字句根本沒有經過我的腦袋便脫口而出。不知道為什麼，我待在華默法警身邊老是口不擇言。

「你不覺得這很糟糕？」他憤怒的大喊，在馬鞍上轉身對我咬牙切齒。他的牙齒不多，剩下的幾顆顏色和地面的泥土差不多。「如果你有一張一百美元的鈔票，但最後卻發現它是假的，一文不值，你覺得如何？」

我張口結舌，老實的回答：「華默法警，我無法知道我會覺得如何，因為我這輩子還沒有過任何一張一百元的鈔票！」

我想我過於誠實的回答令他大感意外。他一邊搖頭，一邊從鼻子裡哼出聲來。

「讓我告訴你，孩子。」他回答。「如果你老爸可以治好我的背，我會付給他雙倍的診金。」

「就這麼說定了！」我回答。我很高興自己能讓他變得和善一些。

「好了。閒聊得夠久了吧？讓你的馬跑起來，我們要加快速度。」

「等等，華默法警。您看！」我大喊，拉緊韁繩讓小馬停下。我興奮的跳下來，跑向一棵樹，兩顆小小的鳴禽蛋完好的躺在一團蕨菜上。我把它們拿起來讓他看。「一顆給您，一顆給我！」

「好，好，我們走吧！」他不耐煩的對我打了個響指。

我小心翼翼的將小鳥蛋放進外套口袋，再度翻身上馬。

過了幾分鐘後，我們並肩騎著馬，法警側頭看我。「對了，你剛才說到之前，就是你被雷打到那個，到底是怎麼回事？」

「喔，兩年前我被閃電擊中了。」我完全沒有修飾的回答。

他再度從鼻子裡哼出聲，搖了搖頭，然後操控他的母馬加快速度。

「我說的是真的！」我在他身後大喊，雙腿一夾示意小馬跟上。「它在我背上留下了印記。等我們紮營時，我可以讓您看看。」

「不，小子，不用了。」他說話時甚至沒看我一眼。

「老爸說那代表我很幸運。」我補充說明。

「幸運？」他嗤之以鼻，突然間，他聲音裡所有的笑意都消失了。「你在這雞不拉屎鳥不生蛋的地方追著一群不法之徒，真是太幸運了。」

「嗯，遇到您，我算很幸運了，不是嗎？」

他又恢復那個悶悶不樂的樣子，坐在馬鞍上直視前方，嘴角往兩側垂下。

「讓你的嘴巴休息一下，好嗎？」他低聲說：「從來不知道有誰話像你這麼多的！」

而這就是我們白天裡的最後一句對話。

2

我們在接近黃昏時紮營。華默法警一邊背靠大樹坐下，一邊呻吟。我忙著生火，好把我一路萬分謹慎揣在懷裡的鳥蛋煮來吃。我終於又開始感到飢餓，我感到我的肋骨下方隱隱作痛，並且頭昏腦脹。我看著清水沸騰，口水直流。

這是我們在老密林度過的第三個夜晚。

我和法警一如往常的隔著營火對坐，一言不發。我決定今晚不要和他說話，我受夠了他對我的健談冷嘲熱諷。如果他想說話，讓他自己說吧！我看著清水翻滾，他拿出水壺喝了幾口。我敢打賭他的儲物袋裡一定裝了十幾瓶他所謂的「花蜜」，確保那個水壺永遠不會乾涸。

他也許猜到了我今晚不打算開口，因為在我煮蛋時，他一直盯著我看，好像很想看到我說話似的。我當然不打算順他的意。

他終於在點燃菸斗後打破沉默。

「你知道嗎？你之前談到你老爸，讓我想到一些事情。」他說。

我朝營火扔了兩塊木頭，面無表情。

「你確定他不認識來找他的那些人嗎？」他繼續說。

我感覺喉嚨發緊。「我確定。」

他點點頭，伸出手指撫摸鬍鬚。在微弱的火光中，他的整個身體似乎和他所倚靠的樹幹融為一體。「我之所以這麼問是因為麥克・博特是個很聰明的傢伙。你之前說過的那種化學藥品應該是他會有興趣的東西。」

頓時我很後悔自己為什麼要多嘴，喋喋不休的談論那些事。

「我有沒有告訴過你麥克・博特做了什麼？」他問。

「你只說他製造假鈔。」

「他確實做過假鈔，」他脫口而出：「但遠不只如此。要我告訴你嗎？」

我聳肩，裝出一臉不在乎的樣子。

「那人帶走了你老爸。你一點都不好奇？」

「我從沒說過他帶走我老爸。」我很快回答。「只是魯夫・瓊斯提過他的名字，僅此而已。」

「我只是很驚訝你竟然不好奇。」

「那好吧！告訴我。」

他調整姿勢，重新靠在樹上，看起來打算要講一個很長的故事。

「你聽說過橙街幫嗎？」他一邊問，一邊用菸斗指著我。「不。你當然沒有。橙街幫是紐約最大的偽造集團。這是以前的事了，當然，是在你出生之前。他們的業務範圍從紐約五點區一直到加拿大，沒錯，就是這麼大。而麥克・博特是橙街幫的一員。」

「這樣啊。」我又聳了聳肩，裝出漠不關心的樣子。

「當局多年來一直在追捕這個集團。」他繼續說，顯然很享受講故事的氛圍。「有一天，警方突然收到即將發生大型交易的線報，偽造集團預備拿著假鈔去換真錢。於是他們召集一個龐大的團隊：警長、警察、法警，總共二十名左右的執法人員。他們包圍了橙街上的幫派總部，展開一場激烈槍戰，六名執法人員殉職。不過到了最後，他們逮到所有的嫌犯。整個集團的人不是被殺，就是被捕——除了一個人，猜猜看是誰？」

他望著我，眼睛閃著急切的光芒。

「麥克．博特。」我不甘不願的回答。

「沒錯。」他說，對著菸斗又吸了一大口。「直到今天，還是沒人知道他是怎麼躲掉的。他不僅從執法人員的眼下逃脫，還帶著裝滿金幣的箱子逃走了。價值兩萬美元、全新鑄造的自由女神頭像金幣。」

我忍不住倒吸一口氣。「兩萬美元？他拿那麼多錢去哪裡了？」

華默法警往後一靠。「沒人知道。那些金幣再也沒有在市面流通過，可能被埋在某個地方，也可能被熔成金磚。他原本可以帶著它們回他的故鄉蘇格蘭，然而事實是，沒人知道麥克．博特去了哪裡。他彷彿就此消失在空氣中。這就是為什麼當你突然提起他的名字時，我的耳朵就豎起來了。這一切都很神祕，你不覺得嗎？」

我低頭看著營火，說不出在想什麼，因為連我自己也不知道。

「我不禁在想，」法警繼續說：「如果麥克・博特和我正在追捕的人勾結在一起，抓到他們時，我可能可以順道解開那兩萬美元的謎團。那將會是我引以為傲的成就，不是嗎？」

鳥蛋煮熟了。老實說，我已經失去胃口。我把碗從火上取下，用叉子把蛋從水裡舀出來，不是為了吃它，而是為了讓我自己不去看法警。

當我剝著蛋殼時，可以感覺到法警的視線緊盯著我。

「你得知道，我不是因為賞金才追捕他們。」他繼續說：「我要找這些傢伙算帳，就是這樣。幾年前，我的搭檔死在這個偽造集團的頭頭手上。一個叫羅斯科・奧勒倫蕭的人，而我——」

「就是這個名字。」我說，飛快的抬起頭來。

「什麼？」

「前幾天我不記得的那個名字，就是派魯夫・瓊斯來找我老爸的那個人，不是麥克・博特。」

「羅斯科．奧勒倫蕭？你確定？」

「相當確定。」

「嗯，真是叫人意想不到啊！」他撓了撓臉頰，咬牙切齒的說：「他就是我追捕了很多年的人！我曾經在我搭檔的墳墓前發誓，總有一天我會找到奧勒倫蕭，為他報仇。實在是太意外了！」

我一邊聽他說，一邊咬了一口去殼鳥蛋的頂部，然後立刻吐了出來，努力壓下想嘔吐的衝動。

華默法警咧嘴一笑。

「它是顆野生的蛋，小子。」他輕聲竊笑。

「但我已經對著光檢查過了啊！」

「有時候，要等到咬下第一口，才會曉得裡頭有沒有正在發育的鳥胚胎。我還以為你知道這一點。」

「不，我不知道！」我苦澀的回答，一邊從我的水壺喝了一大口水，一邊把鳥蛋扔進營火。

「試試另一顆，」他說：「那顆可能沒問題。」

我把另一個鳥蛋也扔進營火，雙手抱住小腿。

「如果你真的餓了，」他說：「可以挖一些切根蟲，拿樹枝串起來烤，其實沒有那麼難吃。」

「我不餓！」

「隨便你。」他拿出水壺開始喝酒。「總之，我剛才說的是——」

「聽著，如果你不介意的話！」我打斷他的話，因為我覺得自己可能真的會開始乾嘔。「我不想再討論這些事。我不想聽到槍戰、幫派和偽造集團的事，我現在只想睡覺，可以嗎？」

營火劈啪作響。

「很合理。」他回答，似乎覺得很有趣。「但是在你睡覺前，再朝營火多扔些木頭，好嗎？」

我翻了個白眼，朝發出聲響的火堆扔了幾根大木棍，然後鋪開馬鞍毯。

「晚安。」我背對營火，蜷縮側躺。

他打了個嗝。「嘿！你介不介意我再問你一件事？」他的聲音有些飄，語氣俏皮。

我呻吟。不知為何，我很清楚他要問什麼。「說吧。」

他先嚥下嘴巴裡的酒。「為什麼你會叫他米頓維爾？多麼奇怪的名字？為什麼不是湯姆，還是佛蘭克之類的？」

「我並沒有為他取名字，他本來就叫米頓維爾。」

「那種名字聽起來就像是小孩捏造的，和一分錢娃娃、伐木傑克沒什麼兩樣。」

我終於轉身看著他。「什麼樣的成年男人會讓小男孩吃臭鳥蛋，這才是你該問自己的問題！」

「嘻嘻！那樣的男人認為和鬼交朋友的男孩應該知道何為現實，我以為你的隱形朋友會提醒你不要吃半熟的小鳥胚胎呢！」

我瞇起眼睛看著他。「嗯，我的隱形朋友現在不在。你想知道為什麼嗎？因為他不喜歡你，華默法警！一點都不喜歡！而我完全可以理解。」

我沒意識到我的聲音飽含憤怒，直到我發現他看著我，眉毛高高揚起，嘴脣緊緊抿著。然後他開始大笑，我從未聽過他笑那麼大聲。他笑得太厲害，最後咳了起來。

我沒理他，只是又倒回毯子上。

「我很高興你這麼開心。」我一邊說，一邊翻身背對他。

「別這樣，小子。」他回答，聲音仍帶著明顯的笑意。「拜託，我只是和你開點小玩笑。沒惡意的，不要生氣。」

「我一點也不覺得有什麼好笑。」我從毯子下回擊。

「別生氣了，孩子。只是老華默想找點小樂子而已。老實說，我覺得我一個人過太久了，已經忘記該如何和其他人相處。」

「我和您在一起的唯一原因是您在幫忙找我的老爸，沒有其他理由。」

「我知道，孩子。」

「至於您信不信我，我一點也不在乎。」我繼續說：「我說的關於閃電、鬼魂或其他的事，您想信就信，不信拉倒。老爸總說『真理就是真理，別人相信什麼並不重要。』所以您繼續相信您想要信的就好，華默法警。您想找樂子就去找，我一點也不在乎。我要睡了。晚安！」

營火劈啪作響，燒得我後背整個暖暖的。沉默只維持了幾秒鐘。

「他聽起來像個好人，你老爸。」華默法警語氣溫和的說。

我艱難的嚥了口口水。「他是世界上最好的人。」

「我會幫你找到他的，孩子。我向你保證。」

他聽上去非常真誠。我沒有回答。

「晚安，孩子。」

我還是沒有回答。

3

從那之後，我的腦袋彷彿一直在繞圈打轉。華默法警以他獨特的方式在我腦中點燃了火苗，比我背後的營火還要熱上一百倍。思緒如煙霧般盤旋，令我頭疼。

「米頓維爾。」

老爸告訴過我，我小時候會說的第一個詞就是它。不是「爸」，不是「咕咕」，而是「米頓維爾」。那時的我在老爸眼中應該是個奇怪的孩子吧？我猜不到他的真實想法，但他總表現得一切都很平常的樣子，從來沒有一次讓我為此傷心，從來沒有讓我因此自我懷疑或者覺得自己很蠢。

當然，這並不是說我之前都沒想過米頓維爾身上的謎團。我年紀雖小，但好奇心強。雖然我尊重並接受世界上的未知事物，但我還是會理性思考相關問題，即使我無法回答。正如之前提過，我有時甚至會拿這些問題去問米頓維爾，只是他總是含糊其辭。說實話，他對自己所知極少，但其他知道的事又相當莫名其妙，比如他通曉西洋棋規則，還有他不喜歡梨子。話說回來，我也不知道他怎麼曉得自己不喜歡梨子，因為他根本不吃東西。他唯一確定的是，他不確定自己知道什麼。

我越來越相信有些靈魂準備好離開這個世界，而有些沒有，就是這麼簡單。像我媽媽那樣準備好的靈魂直接就離開了，但是沒準備好的卻依然停留在這個世界裡。也許是死得太突然，也許是在等人，也許還有未了的心願，想要看著某件事完成或修補。也可能是不知道自己已經死了，就像沼澤裡的鬼魂。或者是知道自己死了，但依附在生命最後記得的地方，或屍骨被埋的地方。有人將這些現象稱之為鬧鬼，而我卻認為那比較像是靈魂的習慣。他們不過是對某些東西太過執著。

至於為什麼我可以看到鬼魂而其他人看不到，我不清楚。我還記得自己小時候第一次發現其他人看不到米頓維爾時，我是多麼驚訝。怎麼可能？他看起來這麼活靈活現！我可以握住他的手！他大笑時，我能看見他的牙齒！他的衣服有皺摺！他的指甲越來越髒！他是這麼的真實，有血有肉，人們怎麼會看不到他？老爸怎麼會看不到他？這對我來說簡直難以接受。

老實說，他也不是我見過的唯一鬼魂，總有其他的鬼在我的視野邊緣晃動。我在波恩維爾常見到轉瞬即逝的影子、潛伏在樹後的鬼影，不過我會閉上眼睛不去看它們，我不想看見無法忘卻的東西。

對我來說，米頓維爾和其他鬼魂完全不同。我生命中的每一刻，他都陪在我身邊，像個大哥哥，我永遠的搭檔。

至於一開始他為什麼來找我，而我們又是如何產生連結的，我可能永遠都不會知道。我猜人生其實就是這樣。每天人們在街上擦肩而過，沒有人知道彼此之間是否有任何關聯。搞不好有人的祖母其實是點頭之交，也可能在商店買糖的女士跟她前面的陌生人是遠房親戚，誰想得到呢？人們根本不會這麼想。他們在碰面時不會去思考，我們的祖先認識嗎？也許他們打過架？他們彼此相愛嗎？遠古時代，當部落還在沙漠中漫遊時，我們是親戚嗎？沒有人知道我們之間的無形連結。如果活著的人是這樣，那麼死掉的人也應該如此，支配我們的不解之謎也同樣支配著他們。如果生命是通往偉大未知的旅程，那麼死亡也一定同樣是趟旅程。像我媽媽那樣的人可能確切知道目的地，但其他人卻不知道。也許他們徘徊漫步，不確定該往哪兒去，感到迷茫無措。也許他們需要地圖，就像剛到一個新國家的外國人一樣。他們尋找著地標，想要一個指南針，或者一張如何到達目的地的路線圖。或許米頓維爾只是路過，他和我在一起的時間對他來說不過是旅途裡的一站。

我確實不知道。

但我已經坦然接受了世界上就是有一些事我永遠不會有答案。我已經接受了米頓維爾的存在所違反的物理定律，接受其中反常的生物學和相互矛盾的事證。我已經接受了他的存在背後的微妙邏輯及所有脆弱的顯現方式。我唯一確切知道的是，他一直都陪在我身邊，而那也是我唯一需要知道的。

所以，如果老華默法警想找點樂子，和我又有什麼關係？讓他笑吧！他相信什麼對我來說一點都不重要。就像老爸說的，事實就是事實。就是這麼簡單。

當營火溫暖我的背，夜晚的動物叫聲在一片漆黑裡迴盪時，我就是這樣告訴自己的。真理就是真理。我彷彿吃下止痛藥似的突然覺得好多了。

然而，華默法警講到的另一事卻讓我難以入眠。關於麥克・博特和裝滿金幣的箱子。它讓我的腦子轉個不停，我的心也無法平靜，成千上萬的思緒在我大腦飄蕩，像困在燈裡的飛蛾一樣相互碰撞，那是另一種全然不同的未知。

我想在內心深處我可能已經知道了真相，或者相信我會在樹林的另一邊找到它。但人心是如此神祕的領域。你可以旅行數千里，穿越陌生的土地，卻仍然找不到和愛一樣那麼難以解釋的未知之物。

4

隔天我們一大早就出發。寒風凜冽，吹得呼呼作響。由於睡眠不足，我既疲倦又暴躁。

「暴風雨要來了。」華默法警說。

我抬頭看了一眼。天空萬里無雲，但我不會浪費時間表示相反的意見。

「我們今天能到峽谷嗎？」我問。

他嘴巴唸唸有詞，但我聽不清楚，可能是「可以」，也可能是「不行」。我懶得回應。

這是我在老密林裡的第四天。若你問我是不是想過「嗯，如果我乖乖待在家裡等著，說不定老爸幾天後就回來了？」或者「如果我聽米頓維爾的話，就不會被蚊子咬，也不用餓肚子，更不會因為整天騎馬全身痠痛，還碰上滿身是血的死人？」我承認我確實想過，但我同樣也認為，向前移動就是向前移動，我們沒辦法讓時光倒流。

我們騎馬的速度很快，不到一個小時就到達峽谷。

之前我們一直將「峽谷」當成目的地，在騎了這麼多時日後，今天早上竟如此迅速就到達，讓我產生了它既特別又平凡的矛盾錯覺。不知為何，我有點喘不過氣來。彷彿我瞎跑了一路，而現在，突然間，陽光亮晃晃的直射我的眼睛，感覺一切進展都加快了速度，我情緒激動，連感官都變得更加敏銳。我們終於到了。

一直到親眼看見峽谷的另一側，我才意識到我們這幾天在老密林裡爬得有多高。看似平緩的斜坡，實際上比我想像的陡峭許多，而站在峽谷頂端感覺就像站在世界的邊緣。在過去十二年的人生裡，我從未到過如此高的地方。當我從懸崖邊往下看時，有那麼一會兒，自己的靈魂像是往上飄了起來，簡直就要離開我的身體似的。我不得不四肢著地，爬回小馬和棕色母馬那裡，即使牠們距離岩壁不到十公尺。光看法警在懸崖邊來回踱步，我便脊椎發麻，膝蓋發抖。這種心理現象有一個專有名詞，我記得老爸教過我，但是我怎麼都想不起來。它就和其他數百萬個詞彙一樣，在我和崖底之間不停的繞轉盤旋。

我受不了再繼續看著走來走去的華默法警，便把臉埋進小馬的鬃毛裡。小馬轉頭朝我輕聲嗚叫的樣子讓我想起阿爾戈斯，每次我撫摸牠的肚子時，牠也會舒服得發出類似的叫聲。突然間，一股絕望的情緒湧上心頭。阿爾戈斯現在不知道怎麼樣了？我到底在這裡做什麼？我怎麼會跑到離家這麼遠的峽谷邊緣？

我環顧四周尋找米頓維爾，從前天晚上就沒再見到他了。他沒有待在我附近讓我有些生氣，他明明向我保證他會一直陪在我身邊。

華默法警搖搖晃晃的走過來，喃喃自語。我看得出來，他的心情不是太愉快。

他一路追尋的線索斷了，我至少猜得到這點。在這高得不可思議的懸崖峭壁上，沒有溼泥土的蹄印，沒有被折彎的樹枝。我們到處尋找馬糞或紮營的痕跡，但彷彿我們在追趕的人，包括老爸，已經從地球上消失了。

「我們現在該怎麼辦？」我問。

「我知道才有鬼。」他咕噥，聲音粗如沙礫。

「我渴了。」我說。其實不是想說給他聽，只是想將我的感覺大聲說出來，但這顯然惹惱了他。

「你可不可以在我思考時閉上你的鳥嘴！」

我本想辯解那天早上我根本一句話都沒說過，但最後忍了下來。他走回崖邊跪下。我光看到他彎腰和他的駝背，就不由自主的皺眉。他小心的移往最邊緣處，慢慢俯臥，讓他的頭完全懸在崖邊。我正全然的欽佩這份勇氣，突然聽到他呼喚我。

「小子，過來。」他說。

「不，謝謝，我在這裡就好。」我回答，臉埋在小馬的脖子上。

「過來！」

我翻了個白眼，爬到他所在位置附近，停在他的腳邊。

「不是這樣的，到我身旁來。」他命令。「我的視力不好。你必須過來這裡，然後告訴我你看到什麼。」

「我的視力也不好。」我回答。

「給我立刻過來。」他說。此時他的嘴巴抿得緊緊的，臉又漲得通紅。

我猶豫了一下，但我知道老爸就在這峽谷另一邊的某個地方。我的每一根骨頭、每一寸脊髓、每一下心跳、每一條肌肉都相信他需要我，所以我盡可能放下恐懼，小心的趴下，讓我的腹部貼在光滑的岩面上，再將自己慢慢的往前推，直到和華默法警齊平。我雙手抓住懸崖的邊緣，與他並肩伏趴著，我們的頭懸在峽谷之上。

「看看下面那裡。」他命令我。「你看到什麼？」

我望著他指的方向，感覺自己就要暈倒，但我沒有。底下是一條洶湧小溪，稱不上河流那麼寬，蜿蜒穿過兩側岩壁間的狹窄溝渠。

「我看到一條小溪。」我回答。

「不是，看那邊！」他不耐煩的指著峽谷另一側的岩壁，大約一箭之遙的地方。

「我只看到懸崖。」我說。

「不然你再看那裡和那裡！」他命令，手臂揮左揮右的比劃了一陣，讓我猜想是不是得把每個角落都看一遍，好找出什麼東西來。

「我現在要找什麼？」我問。

「我不知道！睜大眼睛仔細看。煩死了。」

於是我睜大眼睛仔細看，雖然我完全不知道自己該找什麼。我將對面的整片懸崖審慎的掃視一遍，左看右看，除了相同的黃色岩壁之外，什麼也沒有——我正要這麼說時，對面的懸崖頂部有動靜引起我的注意。是米頓維爾！他站在崖邊，對我揮手。原來他去了那裡！見到他，我只能先強忍內心的喜悅。當然，我沒有告訴華默法警。

米頓維爾示意我往他的下方看。他站在向內彎曲的懸崖正上方，那底下的岩壁形狀則像窗簾一樣起伏。我將目光垂直移至底部，發現小溪上方大約六公尺的岩壁上有個邊緣不整的長方形凹槽。看起來沒什麼特別的，但在它下方大約一公尺處還有另一個大小差不多的凹洞，再往下還有幾個。我數了數，總共六個，彼此大致平行，通往小溪。

「我看到那邊有小凹槽。」我指著左邊對華默法警說：「有點像挖在岩壁上的踩腳處。」

他順著我的手望過去，瞇起眼睛卻什麼都看不見。他將身體從懸崖邊往回推，然後用腫脹的指關節敲我兩下，示意我跟著做。

我們再度上馬進入樹林，和峽谷平行往前騎了大約四百公尺，然後重複我們剛才的動作，想辦法讓頭懸在崖邊觀察。這裡的岩石比之前那裡更陡峭，需要更多力量才能將身體上推，已超出我手臂的能耐。我以為華默法警會拉我一把，但他只是簡單粗暴的叫我靠自己。

「動作快，小子！用力把你瘦弱的身子推上來！」他嚴厲的說。

我推了又推，終於將身體推到懸崖邊，得以好好瞧一瞧另一側的峽谷。我看見米頓維爾仍然站在之前的位置，便大大鬆了一口氣。在離他很遠的正下方則是那六個排列在小溪上的凹槽。不過從現在這個絕佳眺望點看過去，我不但可以將正對面的岩壁看得清清楚楚，還能看到之前看不到的細節。在岩壁內凹處的「梯子」上方，有個突出的大岩塊連接著一個岩洞，洞口寬度和高度大約有四公尺，但位置落在突出大岩塊的內側深處，所以除非你就在它對面，否則視線絕對會被擋住。只要你向左或向右多移一公尺，肯定就會錯過這個百分之百是洞口的地方。

5

「我的老天啊！」華默法警與高采烈的喃喃低語：「我們找到了，孩子。我們終於找到了。」

「你確定？」我問。

「你自己看！就連我的老花眼也能看得出來它是個洞穴。理論上裡面應該要一片漆黑吧？但並非如此。你認為那是為什麼？」

「因為裡頭有燈光？」

他點了點頭。「完全正確！」

「所以老爸在裡面？」我問，心臟怦怦直跳。

「我賭他在。」他回答。「他們利用岩壁上的那些凹槽當梯子，從溪床爬上去。」

「可是他們要怎麼從懸崖下去溪床呢？」

「那我就不知道了。一定有什麼辦法從上面下去，不然就是橫跨穿越。那邊有什麼東西？」他示意我看向左邊，在離我們更遠的上游處，小溪似乎在一個狹窄的瀑布前分流。「那是瀑布嗎？我好像聽到類似的聲音。老化的視力和聽力實在太討厭了。」

「那是個瀑布，沒錯，先生。」

「我們走吧！」

他從岩石上滑下來，我跟在他後面。

我們又騎了半個小時，小馬一直沿著樹林邊界前進，彷彿知道我不想看到懸崖邊緣。法警騎在峽谷旁，但還是小心的保持一段距離免得被對面的人發現。

當我們終於停下來時，法警要我靠過去，我只能保持平穩，操控小馬慢慢走到他旁邊。我們站在一個制高點上，面向峽谷，而在我們對面，則是另一個比此處低不到一公尺的高崖，從這邊到對面的距離大約一百八十公分。在這兩個高崖之間什麼都沒有，底下直接就是滿布水泡的小溪。這裡是峽谷兩岸最接近的地方，因為我們往左一看，溝壑明顯變寬，分成兩塊陡峭的獨立地形，就像山脈的兩側。

我看了懸崖邊緣一眼，立刻感到頭暈，膝蓋抖個不停。我拉著小馬離開華默法警，回到四公尺外的樹林邊界旁。他仍站在那裡左右張望，不知在找什麼。我猜他想找出什麼神奇方法來越過狹溝吧？

「賽拉斯！」米頓維爾走出樹林，朝我走來。

「你找到洞穴了。」我放低音量感激的說，以免被法警聽到。

「他在裡面，賽拉斯！老爸在洞穴裡面。我看到他了。」

我用力摀住嘴巴，不讓自己倒吸一口氣。

「他的雙腳被腳鐐銬住了，不過看起來精神還不錯。」他繼續說：「洞穴裡有其他男人和他在一起，但我不知道總共有多少人，因為他們總是來來去去。他們把馬拴在瀑布下方。峽谷另一側有一條小徑可以下到小溪，但你從這邊看不到，因為它藏在瀑布後面。」

「我們要怎麼過去另一側？」

「我們必須跳過去。」華默法警從後面走過來，誤以為我在問他。

我迅速轉身。

「你說跳過去是什麼意思？」我問。

「下去小溪的路一定是在瀑布的另一邊。」

「我知道，但是——」

「你說你知道是什麼意思？你怎麼可能會知道？」

「我的意思是，我推測應該是這樣的。不過如果我們無法過去峽谷的另一邊，說這些都沒用。」

他張開鼻孔噴氣。「我們有辦法過去另一邊，跳過去就成了！」

我覺得他的提議簡直荒謬，我幾乎笑了出來。「我們不能那麼做！」

「不幸的是，他說的沒錯。」米頓維爾低聲說，仍然站在我旁邊。「那是唯一的方法。」

「我們不會跳過峽谷。」我不敢相信剛剛聽到的話，立刻大聲反駁。我不意外法警叫我跳，但總是以保護者自居的米頓維爾居然也叫我跳？

「我昨夜一整晚都在找更安全的辦法。」米頓維爾看著我身後的峽谷，向我解釋：「但要過去對面，真的沒有其他條路。如果我們沿著來時的路往回走，或許真能找得到一座橋之類，但那可能會浪費掉一整天的時間。」

華默法警說話同時，米頓維爾也正在講話，所以我只聽到法警說的最後兩句：

「……你的馬雖然小了一點，但牠帶你過去絕對沒有問題。」

我凝視峽谷的另一邊。「可是我……幾天前連馬都沒騎過！」我結結巴巴的說。

華默法警「嘖」了一聲，似乎早就猜到我剛剛說的事，然後他走過來檢查小馬的馬鞍腹帶，拉動束帶將它收緊。他拍了拍小馬的肩膀，讚許的點點頭。

「這是一匹好馬，孩子。」他說，聽起來比之前任何時候都溫和。「只要保持腳跟往下，緊緊抓牢，你就會沒事的。阿拉伯來的都很擅長跳躍。」

「阿拉伯來的？」

他輕聲笑了起來，彷彿他剛告訴我什麼祕密似的，然後翻身騎上他的馬。他不耐煩的朝我打了個響指，要我也趕快上馬。我看了小馬一眼，牠從鼻子裡哼出一口氣，好像在向我保證牠可以做到。

米頓維爾已經走到懸崖邊上，凝望著對面，我從未看過他臉上出現如此擔憂的神情。我相信他很快就會叫我立刻轉頭回家。畢竟，他一路上都這麼說。而現在，就在這裡，這個魯莽的深淵跳躍即將印證他心底所有的恐懼。

但是和我預期的相反，當他抬頭看我時，說的卻是：「你做得到的，賽拉斯。」
我嚇得說不出話來。對，我就是這麼驚訝。
「小馬會帶你過去。」他聽起來很有信心，眼睛發亮。
我揚起眉毛和他對視了好幾秒鐘，然後難以置信的搖了搖頭。「嗯，那麼，好吧！」我低聲說。
「這才是男子漢！」法警歡呼。「現在，在我旁邊等著。」
我深吸一口氣，像吹蠟燭一樣慢慢吐出來，然後爬上馬鞍。幾天以前，我連爬上去都很勉強，到了現在，這對我來說像是全世界最自然的動作。
我用膝蓋夾著小馬，跟在華默法警的母馬後方，走到最高點。我和華默法警就在峽谷的最邊緣，讓我們的馬將這一切收進眼裡：橫跨兩個懸崖之間、距離一百八十公分的跳躍，而下方遠處則是洶湧的小溪。
法警用手肘輕輕撞我一下。
「我終於弄懂了。」他低頭望著峽谷說：「這裡的名字叫『空洞』。我們對面的林地，就是地圖上的『空洞森林』。越過那座山有一個小鎮，叫羅沙雪倫，騎馬不超過兩個小時就到了。」他揮動手臂向左一指。「我認識那裡的警長，他是個好人。等我們找到通往小溪的路之後，就直接去羅沙雪倫，召集一支隊伍，在傍晚時帶著十幾個人一起回來這裡。如果一切順利，今晚我就能把奧勒倫蕭扔進監獄，而你就能和你老爸開心重逢！聽起來很棒對吧？」

「是的，先生。」我回答。

「我告訴過你我會找到他的，不是嗎？」

「是的，您做到了！」

他的臉上露出滿意的笑容，然後操控母馬轉身，小跑回到樹林邊，拉開距離以便在跳躍前助跑。我的小馬緊跟在後。

「我先跳。」當我側身靠近他時，他說：「你跟在我後面。腳跟下壓，不要猶豫。只要你稍微遲疑了，你的馬就會發現，並將你扔下懸崖。相信我的話。」

「我不會遲疑的。」

「害怕也沒關係。但是千萬不要遲疑，否則你的馬會察覺。」

「我不會遲疑的。」

出乎意料的，他用長滿老繭的大手拍拍我的肩膀，嚇得我不自覺的瑟縮了一下。他看到我的反應後，咧開嘴笑得非常開心。我第一次看到他的下排牙齒，就像四顆隨機卡在牙齦裡的棕色豌豆。

「好了，孩子！」他高興的大喊。「我在另一邊等你！」

然後他咂了咂舌，拉了拉韁繩，用力鞭策他的馬。母馬威風凜凜的往前衝，全速奔向最高點。大約跑了十二大步後，牠加快速度，狂野的躍過峽谷。看到那匹陰沉的馬起飛，像在飛翔一樣，讓我很激動。但牠一降落到另一邊，我就聽到彷彿有人在峽谷裡開槍似的可怕爆裂聲。我還沒理解眼前看到的畫面，骨頭斷裂的聲音就傳進我的耳裡——母馬在光禿的岩石上向前翻倒，將背上的法警甩了出去。他的頭朝下飛過母馬的脖子，撞到岩石，翻了兩圈，像斷線木偶般蜷縮落地。母馬停不下來，往前滑行直接撞上他的身體，牠的長腿歪斜，從他身上滾過去。一連串的聲響在峽谷中迴盪。

馬蹄鐵敲在岩石上的鏗鏘聲，母馬尖銳而悲慘的長鳴聲，以及在那之後，我深怕會擊潰我的一片靜寂。

我一點都沒有遲疑，將腳跟往小馬身上壓下，想像著將我對牠的信心灌入牠的四肢和肌肉，然後我們在高起的岩石上全速飛馳，猛然一躍，跳過深淵。

第六部

鼓起勇氣吧，我的心；比這更糟糕的事你都經歷過了。

——荷馬《奧德賽》

（Homer, *Odyssey*）

1

老爸有一套書叫做《地球歷史與生動的自然》，是我的夜間愛好讀物。這套書一共有四卷，我最喜歡的是講述世界動物歷史的第二卷，任何你想得到的動物，都可以在裡面找到活靈活現的相關描述。華默法警說出「阿拉伯的」那一刻，我立即想到這本書其中一頁，上面寫著「……在世界上仍有野馬奔馳的國家中，阿拉伯的馬是最美麗的品種」。我之前怎麼沒想到？從一開始，小馬就讓我覺得熟悉。牠的側臉、脖子的弧度、高高翹起的馬尾。牠明明在書裡出現過，就在牠沙漠祖先的畫像裡。

那麼小馬跳得了嗎？就連希臘神話的飛馬也比不上牠。牠載著我以優雅莊嚴的姿態在空中滑翔，躍過深溝。

小馬沒有絲毫打滑或顛簸，輕鬆降落在另一邊的岩石上。我從馬鞍上跳下來，跪在華默法警的頭部前方。他還在呼吸，但鮮血不停從他的嘴裡流出來，其中一條腿以不自然的角度彎曲著，光看就令我暈眩。

「華默法警！」我大喊，輕輕拍了拍他的臉頰。

「喔，是你。」他睜開眼睛虛弱的說：「你跳過來時沒出事吧，孩子？」

「是的，先生，我很好。」

「我的馬怎麼樣了？」他抬頭尋找他的馬。牠已經重新站起來，但移動時很明顯的跛了腳。前腿斷了，我想。當華默法警注意到這點時，他罵了句髒話，然後將頭靠回岩石上。

「給我拿點水，好嗎？」他說。

我迅速走到母馬那裡，拿起他的水壺放到他嘴邊。裡頭的「水」滴落在他的嘴上，卻沒流進去。他揮手示意我停下，我照做了，等著他告訴我下一步該做什麼。

「嗯，真麻煩，不是嗎？」他喃喃自語。

「很痛嗎？」

他搖搖頭，皺起眉頭。「並不太痛。事實上，幾乎沒什麼感覺。」

「我們接下來該怎麼辦？」

他深吸一口氣，衡量現況。「嗯，我們沒有太多選擇，孩子。你得去羅沙雪倫求助。」

「好，我做得到的。」

「好。我猜我讓你一起來還是對的。」

「到那裡之後，我又該做什麼？」

「警長的名字是阿奇博爾德．伯恩斯。我們很多年沒見面了，但他會記得我的。告訴他我遇上什麼麻煩，還有羅斯科．奧勒倫蕭正躲在瀑布以南的『空洞』洞穴。他會知道那是在哪兒。叫他召集一支十多人的隊伍，今天之內一定要回到這裡。你記好我剛剛說的了嗎？」

「是的，先生。」我回答。

「那個警長叫什麼名字？」他測試我。

「阿奇博爾德．伯恩斯。」

「那個歹徒叫什麼名字？你之前想不起來，現在記得了嗎？」

「羅斯—科・奧—勒倫—蕭。」我回答。

他在我的手臂上拍了兩下，勉強擠出一個微笑。「好孩子。」

「可是您一個人在這裡沒關係嗎？」我問。

「喔，我？我會沒事的，孩子。」他向我保證。「你放心，這不是我第一次遇到這種情況。現在把水壺放在我拿得到的地方，趕快走吧！」

「讓我先給你蓋上毯子。」我說。

「我很好，孩子！不用你特別照顧我。不要管我，趕緊出發吧！」

我點點頭，頂著驚嚇過度還不能真正思考的腦袋，騎上小馬，準備穿過森林。

2

我對那次路程印象不深，只記得我沿途低著頭，幾乎伏貼在小馬頸背，而牠在森林裡狂奔，熟練得像已經跑過一百次似的。那是一條很陡峭的上坡小路，我不得不彎腰以免被樹枝刮傷，不過峽谷這一側的樹木已經比對面鬆散多了，這一點我記得很清楚。

回想起來，我最有印象的不是當時騎行的狀況，而是騎行的感覺。一種我以前做過這件事的感覺，彷彿我從前夢見過同樣的情景。也許是光線的色彩、馬蹄踏過大地的聲音，讓我感覺很熟悉。像是一場暴風雨，翻騰過境一片高高的草地。

我到達羅沙雪倫，沒想到它看起來一點也不陌生，我猜是因為它長得和波恩維爾很像：紅磚建築、布店、郵局，以及廣場盡頭的木造教堂。再度見到穿著正常的普通人，感覺很奇怪。我身穿沾滿泥巴的衣服騎在大街上，看在他們眼裡，大概像個流浪漢吧？幸運的是，我很容易就找到夾在酒吧和雙層法院之間的郡立監獄。

我將小馬綁在一根柱子上，快跑穿過警長辦公室的白色大門，房間裡唯一的執法人員看到我顯然既驚訝又好奇。

「你是阿奇博爾德．伯恩斯嗎？」我嚴肅慎重的問。雖然離老爸被帶走才四天，但我在這段時間像長大了一歲。

那個男人坐在桌子後方，雙腳交叉擱在亂七八糟的文件上，他似乎不曉得該怎麼應付我這個不速之客。

「喔，老天。」他回應。「你是誰？」

「我是賽拉斯・伯德。」我很快的回答。「伊諾克・華默法警派我來找阿奇博爾德・伯恩斯。我現在必須和他談一談，麻煩你幫忙通報。」

男人年輕削瘦，下巴刮得乾乾淨淨，頂著一頭棕色捲髮。他從椅子上傾身問：「誰是伊諾克・華默？」

「他是美國聯邦法警。聽著！我沒有時間磨蹭了。」我回答。「華默法警墜馬，傷得很嚴重。他本來要到這鎮上召集一隊人馬，因為他在瀑布旁邊找到了奧斯卡・羅勒倫什的總部。」不知道為什麼，每次遇上緊要關頭，我老是無法正確說出這個名字。

我以為這些消息會讓辦公桌後的年輕人立刻跳起來採取行動，或者至少出現興奮的反應，但他只是看著我，好像剛剛這些話並沒有我以為的那麼有意義。

「奧斯卡．羅勒倫什……」他終於回應了。「你的意思是，羅斯科．奧勒倫蕭嗎？」

「對！」我急切的大聲回答。

「在瀑布旁邊？」他重複我的話。

「對！」我氣急敗壞的說：「聽著！能請你幫我把阿奇博爾德．伯恩斯叫出來嗎？華默法警要我來這裡找他。我們必須在今天之內召集二十個人，衝向他們的總部。」

「衝向他們的總部。」男人一邊重複我的話，一邊看著我，好像我是個瘋子。「聽著，小傢伙，我當然聽過羅斯科．奧勒倫蕭。我相信只要是執法人員都聽過，但我從未聽說過伊諾克．華默法警。至於阿奇博爾德．伯恩斯呢？在我來之前，他是這兒的警長，可是已經在五年前過世了。」

3

我並沒有被阿奇博爾德．伯恩斯的死訊驚嚇到，畢竟華默法警事前告訴過我，他們好幾年沒見面了。但我有些忿忿不平，因為我不認為我面前那個捲髮、有酒窩的年輕警長能夠勝任這麼重大的任務。

「好吧！」我說：「那就不關阿奇博爾德．伯恩斯的事了。現在最重要的是，你必須迅速召集一支隊伍。」

他緩緩搖頭，終於站起身子，雙手捧著寬沿氈帽，似乎在猶豫要不要戴上。他比我以為的還高，別在襯衫上的錫徽章有個明顯的凹痕。

「聽著，賽拉斯。」他說：「你叫這個名字，對吧？賽拉斯，你看起來經歷了很多波折，我想請你告訴我關於華默法警的一切，以及你們是如何找到羅斯科．奧勒倫蕭的。沒錯，他確實是一個以重金懸賞的通緝犯。不如你先坐下吃點東西，然後我們可以好好的聊一聊。」

「我沒時間和你聊一聊！」我大叫，感覺喉嚨發緊。「華默法警受著傷，他的腿斷了。我們必須趕快回去接他，一分一秒都不能浪費。」

就在此時，另一名執法人員走進辦公室，看著我和高個子對峙。

「戴西蒙德，現在是什麼狀況？」那個大漢從我身邊經過時，順手拍了拍我的腦袋，然後在捲髮男人的辦公桌旁坐下。他看著我，似乎覺得很有趣。他的呼吸帶著愛爾啤酒的味道。「這小孩子是誰？」

「他說是聯邦法警派他來的。」捲髮男子回答。「伊諾克．華默。你聽過這個名字嗎？」

「沒有。」

「他要我們召集一隊人。」

「那是該死的為什麼？」

「說是他知道羅斯科．奧勒倫蕭藏在哪裡。」

「羅斯科．奧勒倫蕭？」

「我們沒有時間聊這些！」我大聲疾呼，高舉雙手抗議。

「聽我說，賽拉斯。」捲髮男子面對我。「我是警長戴西蒙德．查爾方特，這是我的副警長傑克．比烏蒂曼。我們會竭盡所能的幫助你，但你必須先鎮定下來，從頭到尾告訴我們你發生了什麼事，你是誰，你從哪裡來，你需要我們做什麼，好嗎？心平氣和的慢慢講，不要著急。來！坐在你旁邊的椅子上，從頭開始講。」

我有種感覺，如果此刻我允許自己放鬆下來，很可能會開始哭個不停。我累得不得了，今天發生的一切是如此慌亂匆忙，讓我來不及細想，而在這一刻，我所有的感受終於加速趕上了我，像洪水一樣繞著我盤旋，我不禁害怕激流會將我捲走，丟進大海。現在，查爾方特警長彷彿扔了一條繩子給我，讓我能在洪水中漂浮，不會被捲入水底。我迫切的想伸手抓住它。

所以我坐了下來，將能告訴他的一切都說出來，當然我隱瞞了米頓維爾和沼澤鬼魂的事，也沒告訴他在他身後的房間裡，有一位二十歲左右的秀麗女子走動著，雙手摀著胸部的傷口，鮮血直流。

我說完後，查爾方特警長沒有任何反應，似乎在等腦子慢慢吸收這些話。相對的，比烏蒂曼副警長卻一邊嚼著菸草，一邊竊笑。

「嗯，真是個有趣的故事！」他一邊嘲笑，一邊大聲咀嚼。「來吧！乖孩子，你一定還有更多的寓言故事要告訴我們吧！」

「我告訴你的事都是真的。」我直視查爾方特警長說，完全忽視見到他第一眼就討厭的副警長。

「喔，別鬧了！」副警長質疑我。「你想讓我們相信你獨自追在羅斯科．奧勒倫蕭的手下後面？你以為你是誰？你才六歲吧？」

「我十二歲了！而且正確來說，我不是一個人。」我回答。「小馬認得路，因為牠曾經和那些出現在我家並帶走我老爸的人一起穿過老密林，所以我知道牠會帶我找到他們。」

「啊！沒錯，魔法小馬會幫忙追捕！」比烏蒂曼副警長點點頭，誇張的露出令人想抹去的諷刺笑臉，然後用手肘推了推環抱雙臂聽我說話的警長。「告訴我，戴西蒙德，為什麼我們追捕犯人時不帶上魔法小馬？嗯？」

到了此時，我變得相當激動。不只是因為副警長，還因為我居然蠢到告訴他們小馬在這件事裡所扮演的角色。

為什麼我老是學不會教訓，忘了大多數成年人並不相信孩子說的話？他們不像總會仔細聽我說話的老爸。我早該知道的！

「我從來沒有說過我的馬有魔法！」我大聲反駁，怒火卡在喉嚨裡。「只是我曉得牠會依照來時的路回去。這是一個合乎邏輯的假設，結果證明我是對的！因為我人就站在這裡，不是嗎？而且我現在就可以帶你們找到偽造集團正在進行不法活動的祕密洞穴，就在小溪的岸邊。從這裡出發騎馬不到兩小時，幾乎就在你們的眼皮底下。難道你們不想抓住他們嗎？你們算什麼警官？還是叫一匹魔法小馬領路，你會怕得不敢走？比烏蒂曼副警長？」

嗯，比烏蒂曼副警長顯然不喜歡我的態度，但查爾方特警長卻低下頭，笑了笑。他戴上帽子，在副警長的手臂上拍了兩下。

「看起來你輸給一個六歲的孩子了，傑克。」他打趣副警長。

「我不是六歲！」我大喊。

查爾方特警長用手指著我，嘴角依舊掛著微笑。「聽好！賽拉斯。我相信你說的話，真的，但你必須改掉對我們大吼大叫的習慣，好嗎？我們會和你一起去的！所以冷靜下來，不要對老傑克這麼凶。我向你保證，他沒有表現出來的那麼糟，腦袋也比他看起來的更聰明一點。」

他把我的帽子拉下來遮住我的眼睛，抓起幾個裝滿水的水壺，扔了一條肉乾給我。「在我們幫馬做準備時吃點東西，然後在前門等我們。來吧！傑克。」

他快步離開。比烏蒂曼副警長戲劇化的嘆了口氣，眼睛瞇成一條縫，像陰森森的蛇。然後，出乎意料的，他朝我吐舌頭做了個鬼臉，轉身跟著他的上司走了出去。

4

事後回想起來，我才發現許多當時還未浮出水面的關聯。記憶老喜歡這麼開玩笑：只有在事情發生後，我們才能恍然大悟，看到一些早就綁在我們身上的隱形線。我後來對戴西蒙德．查爾方特警長有了更進一步的了解，深知他的處事態度和人品，但當我們穿過森林返回瀑布時，我只曉得我喜歡他，我信任他。就當時而言，那樣就很足夠了。

對於比烏蒂曼副警長，我沒辦法給予相同的意見。這個笨蛋到底怎麼當上執法人員的？我心想。他每次看我的眼神都充滿嘲諷。儘管如此，俗話說，乞丐沒得挑，而他和查爾方特警長是我唯一能找到的助力。警長不顧我的抗議，拒絕先召集隊伍，他認為在那之前，得先與華默法警本人交談，並評估洞穴中奧勒倫蕭一行人的情況。

所以我們拚了命騎馬穿越森林回到瀑布。一路都是下坡，加上天空下起大雨，使得路面越發泥濘溼滑。但小馬毫不畏懼，一點都不猶豫的衝過樹林。查爾方特警長的白色母馬美麗健碩得足以入畫，而比烏蒂曼副警長那匹暗褐色馬匹叫佩東尼，肌肉異常發達。他後頭另外拉著一匹皮毛蓬亂但結實的役用馬，是幫華默法警準備的。我的小馬在森林中疾馳時，三匹大馬都跟不上。警長不得不幾度叫我減慢速度，到了最後一次他更是大喊：「停，停！停下來，賽拉斯！」

我操控小馬轉身，看到比烏蒂曼副警長已經從佩東尼的馬鞍上掉進泥水裡。他沒有受傷，但像隻被惹怒的貓對我發脾氣。

「戴西蒙德，你得告訴那孩子別像個瘋子一樣的騎馬！」他對警長大吼大叫，一邊起身，一邊甩掉肩上的泥。保守的說，他的身材並不健美，渾身是泥的他看起來就像一頭溼答答的熊。

「我猜你應該幫自己找一匹魔法小馬。」我冷漠的說。

「役用馬跟不上又不是我的錯！」他反駁。

「你們兩個別吵了。」查爾方特警長斥責我們，對我打了個響指。「好了，傑克，快點。」然後他就讓白馬走到我身邊，平靜而嚴厲的說：「賽拉斯，你必須慢一點。如果我們在到達目的地之前就受傷了，對任何人都沒有好處。」

我沉著臉，看著比烏蒂曼副警長又上了馬。此時，我其實有一點點內疚。

「比烏蒂曼[1]算是什麼名字？」我說。

「漂亮男人的名字。」他咕噥，幾乎連想都沒想就答了。我一聽便意識到，同樣的問題他一定已經被問了不下數百次。

等他上了馬鞍坐穩後，我小心的操控小馬，以其他人跟得上的速度穿過樹林。大約一小時後，我們到達瀑布上方的高凸岩石。這時雨已經停了，但是當我們來到最高點，傾盆大雨早將地面打得溼透，更糟的是，那裡空無一物。

1 Beautyman，beauty為美人，man為男子。

5

可以肯定的是，我已經習慣生活中各式各樣的謎團事件。我和一個其他人都看不到的朋友一起長大，是一件；我可以看到並聽到不再存於陽世的人，這樣兩件；我被閃電襲擊標記，還能活著訴說遭遇，算三件。所以即使我年紀還小，但我想我已經懂得，生命中就是存在各種不確定性。

但我並沒有預期到，華默法警竟然不在我先前離開的地方。在我回到這裡之前，沒錯，我是做好他可能在岩石上瀕臨死亡的心理準備。但他怎麼會完全消失，沒有留下任何痕跡讓我們知道他去哪裡？這是我完全料想不到的謎團。

「你確定你離開他時，他就躺在這裡？」查爾方特警長坐在馬上，冷靜的問我。

我下馬繞著高凸岩石轉了一圈。不到四個小時前，我明明還把受傷的人留在那裡。

「是！」我說：「那時他確實躺在這裡。」

比烏蒂曼副警長此時已經爬下他的母馬，令人讚賞的在岩壁附近的灌木叢搜查。

「他的馬呢？」

「牠原本就站在你的馬現在站著的地方。」我回答。

比烏蒂曼副警長彎腰察看地面，然後以那個點為中心，仔細檢查周圍幾公尺處的範圍，最後搖了搖頭說：「沒有留下任何可以追蹤的痕跡，大雨沖走了一切。」

「我發誓，查爾方特警長。」我跺著腳說：「我確實將華默法警留在這裡了。」

查爾方特警長點點頭。「我相信你，賽拉斯。」他一本正經的回答。

「會不會是奧勒倫蕭的手下抓了他？」比烏蒂曼副警長問。

查爾方特警長皺起眉頭。「如果不是這樣，就是他騎著那匹跛腳的馬離開了。你覺得這可行嗎，賽拉斯？」

「我想是有可能的。」我回答，仍有些震驚。「我的意思是，他可是個既頑固又堅強的老頭子。」

「來，騎上你的小馬。」警長說：「你說的那個洞穴在哪？指給我們看。」

我望向峽谷另一邊的制高點。

「這裡看不到，我們必須先跳到那一邊，才有辦法指出這底下的洞穴。」我回答。

「等等，你們是從這深溝上方跳過來的？」比烏蒂曼副警長問，難以置信的凝視著懸崖邊緣。「不會吧！不可能，不會的。他沒有，戴西蒙德。」

「我為什麼要撒謊？」我反問他。

「為什麼《狼來了》裡面的小男孩要撒謊？因為他就是個小騙子，這就是為什麼。」

「我沒有撒謊！」

「告訴他瀑布後面有一條小路。」不知道從哪裡冒出來的米頓維爾說。他真的嚇到我了，我完全沒看到他走近。「對不起，我不是故意要嚇你的。」

「瀑布後面有一條小路。」我屏住呼吸對警長說。

「我剛才下去洞穴，察看裡面有多少人。」米頓維爾解釋。

「我可以帶你去那裡，警長。」我繼續熱切的說著。

「戴西蒙德。」比烏蒂曼副警長以警告的口吻喚他，同時懷疑的打量我，因為他看到我被米頓維爾嚇到時倒吸了一口氣。「我敢說，事情有點不對勁。如果這孩子有任何一句話是真的——我很懷疑他是否知道什麼叫真，什麼叫假——但要是洞穴這事屬實，那麼裡面可能藏了十幾個人，而我們只有兩個人，如果你注意到的話。」他將菸草汁吐在地上，似乎在強調他的話。

「洞穴裡有七個人。」米頓維爾說。

「洞穴裡只有七個人！」我說。

「等等，你怎麼可能知道？」副警長生氣的大聲喝斥。

「華默法警告訴我的。」我撒謊。

「這孩子已經走偏了，戴西蒙德！」副警長堅持。

「我發誓我真的可以帶你們去洞穴！」我再次強調。

我們都在看著查爾方特警長，等著他發話，但顯然在他做好決定前，並不打算開口。這一點我很清楚。他是那種會仔細聽你說話，再不動聲色採取行動的人，和老爸很像。

「聽著，戴西——」副警長開口勸說。

「等一下，傑克。」警長舉起張開的右手，打斷他的話。「我認為賽拉斯說的是實話。不過不管他說的是不是實話，我們現在的狀態並不會改變。總之，我們都已經在這裡了。」他從護套抽出步槍，橫放在馬鞍前面。「所以不如親自去看看，好嗎？我想在我們真正展開對抗之前，看看我們要對抗的是什麼。」他騎上馬。

「但如果我們要對抗的是洞穴裡的十二名神槍手呢？」副警長懷疑的問。

「我們只需做我們一直在做的事，傑克！」警長愉快的回答，「要麼射準一點，要麼跑快一點，像我們上次在里奧格蘭德就幹得不錯，不是嗎？」

「不錯？如果我沒記錯的話，那次我們還進了大牢。」副警長咕噥著，也爬上他的母馬。

「至少我們活下來了，好搭檔！」警長大笑。「那才是最重要的，對吧？」然後他轉向我，仍然笑著，興高采烈的說：「我們走吧！賽拉斯。騎著你的魔法小馬帶我們到這個祕密洞穴吧！」

第七部

我們從那裡走出去，看見了星星。

——但丁·阿利吉耶里《神曲地獄篇》

（Dante Alighieri, *Inferno*）

1

老爸和媽媽的故事起點是費城的一間雕刻工作室，她去那裡挑選她的婚禮請帖設計，而他則是負責印刷邀請函的排版工人。媽媽告訴老爸要放在邀請函上的資訊，包括新娘的名字艾莎。但是老爸注意到她在說出未婚夫名字時眼中的悲傷，讓他無法釋懷。然而她是和她母親一起去的，所以老爸沒機會禮貌的和她交談或巧妙的旁敲側擊。後來老爸講述這個故事時，他告訴我，在她離開商店後，他的腦海中一直想著那位名為艾莎的美麗少女，也忘不了她眼中的憂鬱。

老爸花了三天設計版畫和排版，因為她選擇了即使對有錢人來說也很奢侈的銀墨印刷，所以他乘著馬車到她家的大莊園請她過目並校正打樣。當然那只是想再見她一面的藉口，不過卻顯得相當合理。他一邊敲著她家的大木門，一邊用手梳理頭髮，拉直領帶。當時的老爸才三十出頭，過著辛勤工作但沒人關愛的生活，對媽媽的感情讓他很吃驚，他本來相信自己對這種內心的呼喚無動於衷。管家請他進去，讓他在一間房間等待，裡面掛滿鑲著華麗金框的全身肖像油畫。他在紅色天鵝絨沙發坐下，旁邊那張小桌子的木腿上刻有獅子頭像。他拿起放在小桌子上的小書，一打開就自然的翻到某一頁，上頭印有加拉蒙字體，排版粗野。

正如我之前說的，老爸有過目不忘的本事，只要看一眼就能記得整頁的內容。因此，當媽媽走進房間時，老爸站了起來，將那本書闔上拿在手裡，朗誦出：

「喔，歡愉！喔，美妙和喜悅！喔，神聖的奧祕！

「我的靈魂是精神無垠！是女神化身！」

不用說，媽媽當然很開心。

「你知道他的作品嗎，萊德伯里鎮的無名詩人？」她問。

老爸笑著搖頭說：「並沒有。」他一邊回答，一邊打開手中的書。「不過我看得出來，他的排版工人還有很大的進步空間。」

（老爸在講這故事時，故意舉起一隻手抖個不停，好示範當初內心的顫動。他說他這輩子從未見過如媽媽這般純善的人。在他眼中，媽媽彷彿成了一個玻璃器皿，全身都在發光。）

媽媽微笑著，在老爸對面那張繡著黃蘭花的深綠色躺椅坐下。她的左臉頰上有個酒窩，老爸每次講到這裡總會特別提起，因為她將那個酒窩遺傳給我。

「去年夏天，我們家和朋友去英格蘭的赫里福德郡避暑。」她回應。「當時正在翻修地窖的工人發現一大疊遺留的手稿，包括一位不知姓名的詩人作品。他這首〈我的靈魂〉特別能讓我產生共鳴。房子的主人非常客氣，特地幫我印刷並裝訂了一本副本。」

「這真美好。」老爸承認。

「我感覺這首詩在對我說話。」她說：「自從我弟弟去年春天得了猩紅熱去世之後，我讀了很多關於靈魂的詩文。」

「聽到這件事，我很遺憾。」

「謝謝。你喜歡詩嗎，伯德先生？」

老爸說他那時才意識到，自己身上灰色單調的工人裝和周圍色彩繽紛的家具格格不入。不過他覺得，媽媽這問題是想試探他是怎樣的人，出發點只是對他的好奇，沒有瞧不起他的意思。

「我對宗教類的詩歌毫無興趣。」他如實回答。

「你認為唯靈論哲學是宗教？」她饒有興味的反駁。

「我的意思是，我不大相信任何為死後的世界、靈魂這類觀念背書的哲學。我只相信我能看到、摸到和聞到的東西。也許我這樣很蠢，但我沒有冒犯之意。」

她似乎有些惆悵。「你沒有冒犯到我，而且誰有資格評論什麼才是愚蠢？我只知道，我閱讀了大量的相關詩文，所以我的確相信並非全部都是虛構的。就像英格蘭詩人德萊頓說的：『一切都還在，只是變了，沒有任何東西會死去，只有無形的靈魂到處飛翔。』」

「我相信那是古羅馬詩人奧維德說的。」老爸語氣溫和的糾正她。

「不是吧，先生！」

「它是由外文翻譯成英文的，所以我很有把握。」

她笑了。「喔，天啊！你可能是對的！」

「那麼你知道這一首嗎？她用微笑的光芒征服我，對我說：『現在轉身，仔細聆聽，因為天堂不僅在我眼中。』」

「我不知道。」

「但丁的作品。」

「我和你相比差太多了。」

「不會的，別這麼說。」

「如果你不介意，可以告訴我你是哪裡人嗎？我聽得出來你有一點點口音。」

「我的故鄉在靠近愛丁堡的利斯。」

「喔，蘇格蘭！我們去年夏天也去過那裡！」媽媽高興的回應。「我非常喜歡蘇格蘭。如此可愛的國家。你一定很想念那裡吧？」

「說實話，我對它其實了解不多。」他回答，卻沒有說出「因為我是在貧民窟長大的」，以及其他更多事，他以後才會告訴她。「我十二歲時，上船偷渡到了美國，所以現在我才在這裡。」

她專注的看著他。「你在這裡。」

老爸天生寡言，但個性並不害羞，然而她眼中的光芒卻讓他說不出話來。

「我帶了你結婚請帖的校正打樣。」他笨拙的說。

「喔，是的，當然。我母親待會就會下樓陪我一起看。」媽媽回答，她的聲音突然變成幾天前那樣的疏離。「我們去赫里福德就是去拜訪他的家人，我要嫁的那個人。」她補充，嘆了口氣。

「喔。」老爸回答：「但是我很確定你不會嫁給他的。」

老爸告訴我，他說那句話時完全沒有經過大腦，毫不遲疑的就說了出口。等他意識到，話都說完了。

三個月後，他們結婚了。這對媽媽的家人來說是個大醜聞。在他們完成低調的婚禮，第一次回去探望媽媽的父母時，她的父親放出數隻獵鹿犬來追咬老爸。老爸說，他不得不吹口哨讓獵鹿犬止步，這些狗全爭先恐後的舔他，於是媽媽的父親更加生氣。他們對待老爸的方式深深傷害了媽媽，於是她決定再也不回家。她離家時唯一帶走的，就是她的巴伐利亞小提琴。

媽媽的父親下定決心拆散他們，利用關係讓老爸失去雕刻工作室的工作。更過分的是，他開始請當地警察調查老爸，強迫警方羅織罪名逮捕他。所以老爸和媽媽決定西進，前往加利福尼亞開始新生活。老爸打算開一家銀版照相館，媽媽則想在海邊建造一個蘭花園。

當他們來到俄亥俄州的哥倫布時，意外發現有個小嬰兒很快就會加入他們的家庭冒險，因此他們在波恩維爾的郊外買了一小塊地。為了不被打擾，特地選一個遠離人群的地方。這裡，就是老爸當時親手為媽媽建造的房子。

對我來說，這是全世界的故事之中最棒的一個。我讓老爸講了不下一百遍，因為我喜歡一邊聽，一邊在腦海裡想像所有的畫面：紅色天鵝絨沙發、老爸緊張得坐立不安、媽媽溫柔的眼睛。

在黑暗的時刻，我們都會緊緊抱住一些故事，而我抱在懷裡的故事，就是這一個。

2

米頓維爾走在我前面，領著我和小馬走向岩石較遠的一端，那裡有傾斜的石面可以下到瀑布。查爾方特警長緊跟著我，比烏蒂曼副警長殿後。越靠近瀑布，轟隆聲越大，我們不僅聽不到馬蹄聲，連自己的聲音都聽不見。我不禁覺得連腦袋裡的思緒都被消音了。

當我們走到瀑布時，原本霧濛濛的潮溼空氣已經變成宛如斜打雨勢的噴濺，瀑布聽起來猶如雷鳴。海洋聽起來一定也像這樣吧！我心想，然後思考這些水都是從哪裡來的。可能來自幾公里外的小泉，蜿蜒下山。你不會想到那麼小的涓涓細流能變得這麼大，雖然我敢肯定老爸大概會說世界上所有的事都始於涓涓細流，例如一個剛萌芽的想法，或落在橡果上的微微細雨。「唯有愛和閃電會在瞬間全部降臨。」（我記得他曾說過這句話，雖然我記不清楚當初他為什麼這麼說。）

米頓維爾停下腳步，轉身指著灌木叢間的一條小徑說：「從這裡開始都是下坡路，你們應該把馬留在這裡，賽拉斯。後面的路相當陡峭。」

「我們應該把馬留在這個地方。」我提議。當我看到查爾方特警長將手圈成半圓、靠在耳後時，我又大聲的重複一遍。我從小馬身上爬下來，把牠拴在一棵不大的楓樹上，兩名警官也照做。副警長在深褐色馬的鼻子上飛快的吻了一下，然後轉向我，沉下臉。

「帶路，小矮子。」他命令我。

我轉身跟著米頓維爾沿著小徑往下走，他們一個接著一個跟在我後頭。

這兩個人現在對我的信任讓我既感動又開心，我不禁猜測如果他們知道實際上帶路的是一個幽靈，他們會怎麼想。

老實說我根本不必猜，因為我知道他們會怎麼想。

3

通往小溪的小徑一側隱藏在懸崖邊緣搖搖欲墜的樹木中，另一側則是覆蓋了灌木和樹根的岩壁。粗壯的棕色藤蔓如蜘蛛網似的糾纏在樹木和石壁間，我們只得迂迴前進，謹慎的走在岩塊邊緣。

我跟在米頓維爾身後，他一如往常的赤著腳，咬著嘴脣集中注意力，帶領我們沿山壁往下走。我小心翼翼跟著他的腳步，提醒自己不要從邊緣向下看，專注在眼前的路面上。這條路只有六十公分寬，足以容納一匹步履穩健的馬，我真希望自己騎在小馬身上，而不是雙腳踩在泥濘裡。我們向下走了約七公尺後，小徑急轉；接著再往下走七公尺，便來到一個位於山腰的大凹口，它看起來很像遠古怪物在岩石上咬了一口。我們從那裡進入了瀑布內側，水流在面前傾瀉而下，像一條從天而降的河，一行人渾身溼透，什麼都聽不見。

最後一段小徑就在洞穴另一側，米頓維爾示意我跟著他往下走過去。但當我回頭看時，可以看出比烏蒂曼副警長已經有些喘不過氣。他臉色蒼白，我想我們最好停一下，讓他緩一緩。查爾方特警長注意到我的手勢，巧妙的表示同意，像我們兩個早就商量好暗號似的。然後他靠近我問了什麼，可是我聽不見，於是他用兩根手指在另一隻手的手掌上交叉移動，並聳了聳肩膀，以動作表達他的問題。

「再走二十分鐘就到了。」米頓維爾回答。

我向警長舉起雙手，張開全數手指，往外比了兩次。

警長示意他知道了，接著要大家繼續前進。副警長雖然還在喘氣，卻縮起小腹，輕快的點了點頭，做出已經準備好的樣子。我們沿著小徑的最後一段往下走。

就在這一刻，我才意識到令我害怕的不是高度，而是突出的岩塊，身處絕壁邊緣的感覺非常可怕。即使此時我們離峽谷底部只有大約十四或十五公尺，這段小徑路面卻窄得幾乎不能棲身，一失足就會直接掉入谷底。光是意識到它的邊界，我就感覺自己可能會頭暈摔倒，不由自主的打開雙臂貼住石壁，側身一點一點的走下小徑。我注意到，警長敏捷的跟在我後面，看起來完全不怕。

另一方面，比烏蒂曼副警長顯然像我一樣懼高，或同樣害怕突出的岩石。我當然是等到自己站在底部回頭看時，才發現這一點。那個可憐的傢伙把臉貼在石壁上，彷彿要擁抱整座山似的張開雙臂，手指抓著岩縫。看他一寸一寸踉踉蹌蹌的移動，既痛苦又好笑。我在那一刻對他分外同情，因為我知道自己貼在那裡時有多麼害怕。

等到三個人都抵達瀑布底部後，我們便開始沿著溪岸逆流而上，走向小溪中一個像船頭似的突出岩角。我就是在這岩角的正上方、大約三十公尺高的峭壁，躍過峽谷的。當時我在上面看不到，但現在我總算明白為什麼它會被命名為「空洞瀑布」。在突出岩角底部，有一個被懸垂石塊包圍著的巨大空間岔開了溪流，鐵礦斑點散布在岩塊表面，閃爍著微光。這塊空間形成一片優雅的小草原，長滿短藍草和黃蘆葦，六匹馬就站在中央安靜的進食。我立刻認出魯夫・瓊斯的斑點馬，以及站在牠身旁那匹帶走老爸的高大黑馬。

4

當我看到查爾方特警長如何掌控局勢時，我才明白自己之前對他的評價過於草率。我被他的娃娃臉誤導，以為他太過溫順，對他能否應付手上的任務有所質疑。老實說，我希望帶頭圍捕羅斯科．奧勒倫蕭的是華默法警，希望他成為點燃大火的引信。我原本認為，警長似乎沒有那個能力。我實在是大錯特錯。

一看到馬匹，查爾方特警長就舉起步槍做出瞄準的姿勢。他示意我退後，然後對著同樣拔出步槍的副警長勾了勾手指。他們小心翼翼的從灌木叢走出去，靠近馬匹，又繞著這個區域走一圈，確定沒有其他人，只有六匹上了轡頭但沒有綁住的馬，馬鞍則被扔在地上堆成一堆。沿岸設有用木棍和麻繩搭成的臨時柵欄，所以除非牠們從兩側的小溪游出去，否則就只能待在這裡。

「到洞穴還有多遠？」查爾方特警長問我。他確定這裡只有我們之後，就把步槍放下了。

「沿著小溪要再走大約八百公尺。」我回答。

「其實比較接近一千六百公尺。」米頓維爾糾正我。

「或者也有可能是一千六百公尺。」我很快加上。「我們是從峽谷的另一邊看的，所以站在谷底很難估計。小溪彎得這麼厲害，你沒有站在洞穴的正面根本看不到它。」

查爾方特警長點點頭。

「華默法警的馬也在這裡嗎？」他問。

我搖搖頭。我已經留意過這六匹馬中是否有他的棕色母馬，但是沒有。

「那匹斑點馬是魯夫．瓊斯的坐騎。」我說：「我老爸離開家時騎的是這匹大黑馬。」我拍了拍黑馬的脖子，想起那個晚上，感覺像是好幾個月前的事了。

「你再告訴我一次，他們為什麼要帶走你爸？」比烏蒂曼副警長一邊惡聲惡氣的問，一邊把一團新鮮的菸草塞進嘴裡。我之前講的時候，他明明已經聽過整個故事了，所以這個問題讓我很火大。

「我不知道。」我回答。「就像我告訴過你們的，他們把他當成了別人。」

「他們以為他是誰？」他問。

「是誰都沒關係，不是嗎？」

「當然有關係。」

「一個叫麥克・博特的人。」

聽到這兒，查爾方特警長轉身看我。

「麥克・博特？」他大叫。「你之前沒告訴我們。」

「我不認為這很重要。」我撒謊。「為什麼？你們聽說過他的名字？」

「每個人都聽說過麥克・博特。」

「我就從來沒聽說過。」

「你爸叫什麼名字？」他問。

「馬丁・伯德。他是個鞋匠。」我回答。

兩個人都看著我，點點頭，沒說話。

「他也是一個火棉膠師傅。」我補充。「他會一種特殊的攝影術，可以讓圖像顯現在浸泡過鐵鹽溶液的紙。華默法警認為偽造集團可能想用這種方法幫助他們印製假鈔。」我說的不完全是事實，因為這是我的想法，而非華默法警的想法，但將它說成是華默法警的看法聽起來更有說服力。

他們兩個依舊站在那裡看著我，沒有評論，也沒有繼續發問。我知道他們心裡在想什麼。

「我父親絕不是麥克・博特。」我向他們保證。

5

查爾方特警長拍了拍我的肩膀。

「沒人說他是，賽拉斯。」他說。

比烏蒂曼副警長往地上吐菸草渣。

「他心裡這樣想，我看得出來。」我看著副警長，口齒不清的指控他。

「我在想什麼關你屁事！」他不耐煩的反駁，所以我又開始討厭他了。我可以肯定的說這個男人就是來惹我生氣的。

「聽著，真正的問題是，」查爾方特警長平靜的說：「我們現在該怎麼辦？是要回到羅沙雪倫召集一隊人呢？還是應該試著出其不意攻擊洞穴裡的嫌犯？傑克，你覺得呢？」

比烏蒂曼副警長用手指在側臉刮了兩下，皺起眉頭。

「如果他們知道我們要來，我們就不能冒然的去攻擊他們。」他匆忙回答。「要是法警在他們手上，他們就曉得我們會來。法警的馬沒有和其他馬關在一起並不代表什麼。如果他的馬瘸了，他們很可能直接開槍射死牠，再將牠扔進小溪。根據我們的經驗，他們也可能會這麼對付法警。」

「如果是這樣的話，」警長接過話：「洞穴裡大概一個人都沒有了。奧勒倫蕭會打包，然後一走了之，因為他會認為執法人員已經在路上了。」

比烏蒂曼副警長表示同意，又朝地上吐菸草渣。

「但是如果他們沒有發現華默，情況就完全不同了。」警長繼續說：「七對二，而且他們完全沒有料到我們會來。」

「那是假設這孩子說的人數是對的。」副警長說。

「我說的人數是對的。」我插話。

「為什麼我還是覺得你在騙我們？」副警長對我咆哮。

「我不知道！」我也大聲回擊，克制自己不去看站在他身邊的米頓維爾。

「如果你帶我們走進陷阱裡……」副警長一邊威脅我，一邊戳我的肩膀。

「他為什麼要帶我們走進陷阱？」警長反駁。

「我不知道！但在有人想要對我隱瞞什麼的時候，我可是能察覺到的。我告訴你——」

「別鬧了，傑克。」警長斥責他。「我們現在必須做出決定，是要回頭召集隊伍，還是我們兩個自己去逮捕奧勒倫蕭？你想怎麼做？」

「我想要做的是，」副警長睜大眼睛瞪著他回答：「現在就回鎮上，買一隻又油又大的烤雞來吃，再喝上一大杯啤酒！這就是我想要做的，戴西！但如果你問的是，我認為應該怎麼做，我可以告訴你：要是我真的爬上那個破懸崖，我是絕對不會再下來第二次，即使身後有三百個斯巴達戰士等著殺我也不肯。你要我下來這裡，我只願意走安全的路，再遠也沒關係。要我再從瀑布下來，免談！」

「他所謂安全的路，就是我們來這裡的路。」米頓維爾說。

「那麼你得花上一整天，先騎馬下山才能繞過來！」我大吼。

「為什麼這隻討厭的蒼蠅總在我耳邊嗡嗡嗡的飛來飛去？」副警長對警長喃喃抱怨。

「我是欠你什麼了？」我大喊。

「夠了，你們兩個。」查爾方特警長連忙說，雙手在空中揮舞，一副要把我們分開的樣子。「所以，傑克，我們確認一下：你寧願現在去追捕奧勒倫蕭，對嗎？」

「對！」副警長回答，誇張的點了點頭。

「我也是！」我急切的說。

查爾方特警長看向我，我才意識到自己根本不該出聲。我應該試著消失，希望他們會忘記我的存在，因為我知道接下來會發生什麼事。

「嗯，賽拉斯。」警長輕聲說：「我知道你不會想聽我這麼說，但我們不能帶你一起去。事實就是這樣。」當我開始抗議時，他繼續說服我：「在我們回來之前，你先從原路爬上去，和我們的馬待在一起。如果等不到我們回來，你就騎上你那匹閃電小馬去羅沙雪倫尋求幫助。」

「不，」我說：「每個人都丟下我走了，拜託……」

「我知道你很辛苦，賽拉斯，但是——」

他接下來說什麼我都沒聽進去，因為米頓維爾突然出現在我身邊。「有人來了。」

「噓！」我向他舉起手掌，要他安靜。

「等一下！」警長以為我是在對他不禮貌，表情嚴厲的斥責我。

「有人來了！」我壓低聲音說，將手指壓在嘴脣上。

「你在說什麼——」比烏蒂曼副警長吼著，但查爾方特警長推他一下要他安靜。接下來幾秒鐘，我們全釘在原地不動，只是豎起耳朵聽著。

我們聽到的只有彷彿已經內建在腦袋裡的瀑布聲，還有馬的嘶鳴聲，以及我們左右兩邊急流的拍打聲。比烏蒂曼副警長看著我的眼神像是要掐死我，就在他準備打破沉默時，一個明顯不同的聲音傳進我們耳裡：比急流的拍打聲還要重一些的水花濺起聲，然後是男人的說話聲。

我們三個蹲在地面，貼在陰暗的石牆上。我們看著賽博和伊本．馬頓兄弟浸在我們右側的小溪，水深及腰。他們把步槍和一個痲袋舉在頭頂上，我猜是他們的衣服，因為他們在水中裸著上身。他們顯然沒看到我們，也沒意識到在小溪這一側等著他們的危機。

當然，這傳達了一個重要的訊息。華默法警，願上天保佑他，沒被那些人抓住。

第八部

人們只看得到他們準備好要看到的事。

——拉爾夫・沃爾多・愛默生（Ralph Waldo Emerson）

1

許多相信靈異世界的人常以為鬼魂無所不知，但這其實是錯誤的觀念，事實並非如此。他們和活人一樣受宇宙法則的約束。比如說，他們曉得自己住的屋子裡發生什麼事，卻不會知道巷尾的房子裡發生了什麼事。如果他們不在那房子裡，就不會知道。也許他們可以比我們看得更清楚，聽得更仔細，但這並不是因為他們和我們的世界有所不同，而是因為他們的感知能力異於活人。就像一個人可能看到一種顏色，認為它是藍的，而另一個人看到相同的顏色，卻認為它是綠的。當然，你可能想說藍的就是藍的，綠的就是綠的，怎麼會搞錯？但你可曾看過會隨著光線變化，反射周圍事物，相互滲透的顏色？看看夕陽如何渲染天空、河流的多種色彩。無論如何，鬼魂會在這裡、那裡之間游移，卻不可能同時存在於各處。他們不是神，不是天使，不過是已經死去的人。

我會解釋這件事，是因為米頓維爾雖然比我先發現馬頓兄弟在渡溪，但除此之外他沒有任何進一步的相關資訊。他並不知道他們為何而來，也不知道他們是否預期我們會在這裡。當他陪著我蹲在陰影處時，我看得出來他很擔心我的安危，就像我擔心自己一樣。他的心在怦怦直跳。

「別動，賽拉斯。」他低聲說，彷彿其他人能聽見他的聲音似的。「不要再逞強硬充英雄。」

「……沒有食物明明不是我的錯。」馬頓兄弟其中一個在走近時說：「是流氓兄弟吃太多了，又不是我。應該派他們出去打獵才對，為什麼叫我們去？我不想再吃蘋果了。」

兩張圓臉長得一模一樣，我分不清楚誰是誰，所以在我腦海裡，我將剛才說話的人當成賽博。另一個比較高一點、胖一點的則是伊本。

他們穿著長褲在齊膝的水流中艱難跋涉，即將到達岸邊。

「我倒是不介意離開那個洞穴。」走在前面的伊本回答。「那裡實在臭得難以忍受。」

我立刻想到硫磺的氣味，還有老爸的火棉膠化學藥品特有的臭雞蛋味。

「我想說的是，我不明白為什麼只有我們兩個必須做這些骯髒的工作。」賽博抱怨。

「不然還有誰會去做？只能怪我們不夠聰明，沒辦法勝任其他事。」伊本回答。

「所以別再抱怨了。我聽得好煩。」

「我只是覺得冷，沒什麼別的意思。」他的兄弟又抱怨。

「『我只是覺得冷，沒什麼別的意思。』你聽起來和魯夫沒有兩樣。」

他們從水裡走上來，將乾衣服和步槍丟在地上，擰乾溼漉漉的長褲。就在此時，查爾方特警長和比烏蒂曼副警長衝出灌木叢，以我沒預料到的粗暴手段直接拿下他們。過程如此之快，如此精準，幾乎連打鬥都稱不上。警長將其中一人的臉朝下按壓在泥裡，用步槍指在他的臉頰上。副警長則從另一個人的正面重重坐下固定住他，槍管直指向他的雙眼間。

「敢開口說一個字，我就轟掉你的頭。」比烏蒂曼副警長警告他。

「賽拉斯！」查爾方特警長大喊。「拿繩子。我看到馬鞍旁有。」

我照他說的做了，兩兄弟很快就被牢牢綁住，嘴上也緊緊繞了好幾圈繩子。

「這些是帶走你老爸的人嗎？」查爾方特警長問我。

「沒錯，先生。他們兩個都是。」我向他回報。「他們姓馬頓，分別叫賽博和伊本，我不知道哪個是哪個。」我從他們的眼神中得知，他們同樣也認得我。

查爾方特警長用步槍的尖端戳了戳我私自當成伊本的那個人，說：「你老實回答我的問題，我就叫法官對你酌減刑罰。運氣好的話，說不定會判你無罪釋放。否則，你會在牢裡蹲很久。記住，如果你們有誰大喊大叫，或做出任何惹惱我的事，我就讓我的伙伴當場殺了你兄弟。他非常擅長殺人。我們一起在墨西哥服過役，我很清楚我在說什麼。」

比烏蒂曼副警長揚起眉毛，點了點頭，看起來頗有喜劇效果。我可以看出他和警長認識了很久，似乎很了解彼此的想法。不曉得警長說的關於副警長的事是不是真的，我莫名其妙的就相信了。

「所以接下來，我會把繩子從你嘴上拿下來。」查爾方特警長繼續對伊本說：「你要回答我的問題。如果你做了我不喜歡的事，你兄弟就變成死人。明白了嗎？」

兩兄弟以相同的方式眨眨眼，查爾方特警長拉下伊本嘴裡的繩索。伊本咳嗽，吐了口口水。

「只有你們兩個出來嗎？」查爾方特警長問他。

「是的，先生。」伊本回答，他睜大眼睛，看起來呆滯又害怕。

「羅斯科．奧勒倫蕭在洞穴裡嗎？」警長問。

「是的，先生。」

「和他在一起的有誰？」

「我們不曉得所有人的名字。有魯夫．瓊斯，還有一個來自北方但我們不知道名字的小個子，他很怪，手指完全是藍色的。另外有奧勒倫蕭先生兩個手下，算是他的貼身保鏢。我們也不知道他們的名字，但魯夫說他們是來自巴爾的摩的流氓，所以我們在背後稱他們為流氓兄弟，流氓一和流氓二。」

「我爸呢？他在那裡面嗎？」我問。

「他當然在，剛剛沒算進去。」

「他們在那裡做什麼？」查爾方特警長問。

「他們在印鈔票。那不算是真正的犯罪，對吧？」

「他們為什麼帶走這男孩的父親？」比烏蒂曼副警長問。

「他是麥克．博特。」伊本回答。

「他才不是！」我大吼，撲向他。

比烏蒂曼副警長一把抓住我的衣領，把我拎回來。他只用了一隻手，我就像隻被捏著脖子的小狗。

「我只是把他們跟我說的事告訴你們！」伊本防禦的說：「他們說他是化學家之類的，而奧勒倫蕭先生需要他幫忙找出新的印鈔方法。因為這本來是藍手指小個子分內的事，但他弄得一團糟。老實說，他們說的我連一半都聽不懂。」

「男孩的父親配合嗎？」比烏蒂曼副警長問。

「是的，先生。」伊本回答。「奧勒倫蕭先生告訴他，只要他想出如何打印鈔票，就會放他走。他做到了！現在那些鈔票看起來很完美。你們永遠不會知道它們是假的。」

「所以他們要放他走了！」我大喊，但仍然被拎在副警長手裡。

伊本眨了兩三次眼睛。「嗯，老實說，我聽到的不是這樣。」

比烏蒂曼副警長終於鬆開我的領子。我跌跌撞撞的倒在地上，他扶住我。

「你聽到的到底是怎樣？」警長問。

伊本猛的吸了口氣，避開了我的視線。「就是，呃，奧勒倫蕭先生想要他再做點別的事。我們一開始並不曉得這點！顯然有個裝滿黃金的箱子被埋在某個地方，奧勒倫蕭先生認為麥克・博特——或者不管他是誰——知道埋藏地點。這就是為什麼他要我們把孩子一起帶回來，奧勒倫蕭先生打算利用這男孩強迫他父親說出金子藏在哪裡。」

伊本看了他兄弟一眼，後者朝他點點頭，示意他繼續說下去。

「當奧勒倫蕭先生知道我們沒有將孩子帶回來時，氣得不得了。」伊本繼續說：「更糟糕的是，我們在回來的路上還弄丟他的馬。白臉的小東西在老密林裡甩掉我們跑了。我從沒見過奧勒倫蕭先生這麼生氣。魯夫．瓊斯說他可以回去接那男孩，但奧勒倫蕭先生反而派藍手指去。當然啦，等他到達男孩家時，人早就不見了。狗倒是有一隻，還咬傷他的腿，挺嚴重的。」

「阿爾戈斯。」我低聲說。

「你是怎麼知道這些的？」查爾方特警長問他。

「因為藍手指昨天回到洞穴了。」伊本回答。「腿上長滿恙蟎，真的是我們所見過最噁心的東西了。我們差點吐出來，不誇張。」

「藍手指沒能帶著男孩回來，後來奧勒倫蕭怎麼做？」查爾方特警長問。

伊本像要撓耳朵似的抬起一邊肩膀。「嗯，先生……」他不情願的拖長聲調。「他讓流氓兄弟好好的揍了麥克．博特一頓。他就這麼做。」

聽到這些話，我的心揪了起來，幾乎喘不過氣。

伊本繼續說：「奧勒倫蕭先生說他最好在明天早上之前說出黃金埋在哪裡，否則的話——」

「可是我爸根本不知道黃金藏在哪裡啊！」我大喊。

伊本看著我，張開嘴，緩慢的眨眨眼。「嗯，奧勒倫蕭先生認為他知道。」我雙手抱頭，絕望的看著警長。「我們必須現在就去救我老爸！」

警長不受干擾。「法警呢？」他平靜的繼續問。「你們有沒有在樹林裡找到一個老人？」

「老人？沒有，先生！」

「求求你，警長，我們得去救我老爸！」我懇求。

可是伊本還有話要說。

「你看，警長先生，長官。」他以小狗般的眼神凝望警長，向他求情。「你看我非常配合，對吧？我已經告訴了你我所知道的一切，請放我們走，好嗎？事實上，我們在兩個月前甚至還不認識奧勒倫蕭先生。兄弟倆本來打算要去加利福尼亞淘金，為自已找座金礦，變成有錢人，然後再到某處開一家糖果店。原本的計畫就是這麼簡單。可是沒想到抵達阿克倫時，錢花完了，我們遇上魯夫．瓊斯，他說如果我們為他工作，賺的一定比去淘金賺更多，所以我們就答應了。而且他要我們做的事也很簡單，他會給我們鈔票，我們的工作就是出去花錢！」

「但是你們花的錢是偽鈔。」查爾方特警長回答。「你們知道的，不是嗎？你們是偽造集團的車手，這事是違法的。」

「嗯，我們知道違法，可是我們不知道這就算犯罪了。」伊本哭著說，臉頰上閃著淚水。「老實說，我們還以為這是個好主意，印製足夠的鈔票讓每個人都可以分到一些，看不出來會傷害到任何人。」

比烏蒂曼副警長冷笑。

「但我們現在知道錯了。」伊本連忙承認，目光在兩位警官之間來回。「長官們，我們非常非常的後悔。而此刻我們做的，真的只是為那些壞人獵兔子，就這樣。我們再也不想和他們混在一起了。請放我們走吧！我們不會告訴奧勒倫蕭先生你們來過這裡，我們會馬上啟程前往加利福尼亞。」

「你們殺過人嗎？」警長問。

「沒有！我們從來沒有。我可以向上天發誓！」

那時我才意識到雙胞胎有多麼年輕。從他們下巴為數不多的鬍鬚看來，應該還沒十八歲。他們體型雖大，卻有著少年特有的柔軟臉頰和細緻嘴唇。他們不是怪物，只是傻瓜。

查爾方特警長抓了抓額頭。「你怎麼看，傑克？」

副警長抿了抿唇，吐了一口新鮮的菸草汁在伊本前面的地上。

「進出洞穴只有一條路嗎？」他惡狠狠的問。

「是的，先生。只有一個入口。」伊本回答，顯然很怕副警長。「你只能從小溪爬梯子上去，或者從懸崖用繩子下來。我們上個月第一次到這裡時，就是這樣子將所有的補給品搬進洞穴。藍手指駕了一輛馬車停在懸崖上，然後利用繩索和滑輪把貨物送下來。不過他是唯一會用繩索裝置上去的人。我們兄弟倆一定很快就會掉下來，完全不敢用繩子上懸崖。」

「沒有其他人會來洞穴嗎？只有你說的那些人？」

「是的，先生。據我所知。」

副警長微微點頭，表示滿意他的回答。

「所以，」警長開始掰著手指數算，「裡面有奧勒倫蕭、流氓兄弟、魯夫．瓊斯和藍手指。一共五個。傑克，這還不是我們遇過最糟糕的比率。」

比烏蒂曼副警長聳聳肩。「但也不是最好的。」

「我還是想不出來我們要怎麼做才能騎馬回羅沙雪倫，召集一隊人，並且在明早之前趕回這裡。你有辦法嗎？」

副警長沒有回應，但我知道他看了我一眼。

此刻的我已經跪倒在地，雙手摀臉。剛剛聽到的一切讓我無法承受，我不敢抬起頭看他們，我很害怕他們會拒絕營救老爸。

「啊，該死！」副警長怒氣沖沖的說：「好吧！讓我們直接把這件事做個了結。」

「謝謝你們。」我終於又可以呼吸了。

「先不要謝我們。」副警長的態度仍然很尖銳。「在做任何事情之前，我們需要好好計劃一下。」

「我已經正在計劃了。」警長一邊說，一邊將雙胞胎麻袋裡的東西全倒在地上。他用步槍的末端挑起一件襯衫，舉到副警長面前。「這個怎麼樣，傑克？你覺得你能不能擠進他的小綠衫裡？」

「它不是綠的，是藍的。」伊本無辜的指出。

比烏蒂曼副警長伸手將繩子再塞回年輕人的嘴裡。

「它明明是綠的，你這隻癩蛤蟆。」副警長糾正，然後冷靜的用步槍槍托敲在伊本的頭上，將他打暈，接著轉身俐落的敲昏他的兄弟。

2

查爾方特警長和比烏蒂曼副警長趁著馬頓兄弟昏迷不醒，將他們的手腳綁在一起，再用皮韁繩繫在一棵樹上。之後他們開始換上雙胞胎的衣服。

警長很稱職的扮演他的角色。他和雙胞胎差不多高，雖然瘦一些，但從六公尺外看，確實可能誤認他是馬頓兄弟之一。至於副警長就有點勉強了，以他自己的話形容，他的體型太過「豐裕」，伊本的衣服實在不合身。他只能扣上襯衫胸前的兩顆釦子，肚皮處完全扣不了，不過風衣卻意外的剛好，再戴上帽子，基本的偽裝算是合格了。不得不說帽子起了非常大的作用，畢竟雙胞胎戴著一模一樣的白色圓頂帽配黃色寬帽帶。那晚他們來家裡，我就對這帽子印象深刻。它們很特別，很有辨識度，最棒的是，連比烏蒂曼副警長「豐裕」的腦袋也能戴得剛剛好。

計畫是這樣子的：警長和副警長在傍晚時分接近洞穴，他們會戴上帽子，低著頭，把幾隻死兔子掛在肩膀上。我們希望洞穴裡的人不會注意到任何蹊蹺，至少在警長們近到足以壓制他們之前，最好都不要有反應。這計畫似乎有些過於簡單，但查爾方特警長卻對它抱持非常樂觀的態度。他還想出另一個一樣簡單直接的詭計。他打算在他們兩個的制服裡塞滿樹葉和泥土，並將帽子掛在上頭，再將這些假人放置在離洞穴有段距離的地方，藉由昏暗的落日光線誤導裡面的人認為包圍洞穴的並不只兩個人。

至於我要做的事還是和先前預定的一樣。我必須原路回到懸崖上，和馬待在一起等他們回來。如果他們幾個小時後還沒出現，我就要全速騎往羅沙雪倫，向法院的法官報告一切。然而，如果事情進展順利，今晚我就可以和老爸團聚。這就是我的行動計畫。

當然，所有計畫都失敗的可能性也不小，但目前的情況已經足以讓我抱持希望。畢竟有點希望總比絕望好。而現在，我比以往更加意識到，自己會來到這裡一定是受徵兆指引。我之所以穿過老密林，是因為我從骨子裡知道老爸需要我。如今我站在荒郊野外的小溪邊，看著事情一件接著一件發生，我什麼都不能做，只能夠努力活下去並且祈禱。「千萬要穩住！」我對自己喊話。

在警長去獵兔子的那一個小時，副警長動手做了兩個假人。當他們終於準備好要出發時，我再次懇求他們帶我一起去，結果他們不但不理我，還警告我除非他們看到我爬回瀑布後方的小路，否則他們不會執行計畫。他們顯然不相信我，認為我很可能會偷偷跟在他們後面。

我對此非常不滿。在我離開之前，我詳細描述了老爸的長相，並要他們保證開槍時會盡力避免意外射傷他。

「我們會盡一切可能保護他。」查爾方特警長非常認真的安撫我。他一邊說，一邊幫步槍重新裝彈。他和副警長各有兩把六連發步槍，我以前從未見過這種長管槍械武器。

「你們真的在墨西哥打過仗嗎？」我問。

查爾方特警長點點頭。

「不過，我們不是獲勝的那方。」副警長露出一個壞笑，補充說明。

我疑惑的看著他，聽不懂他的意思。

「你該走了，賽拉斯。」已經完成裝彈的警長說。

「順便說一句，我知道斯巴達戰士是什麼人。」我對著副警長說。

他也重新裝好了子彈，現在則是歪著頭看我。「啥？」

我提醒他：「你之前說過，就算你身後有三百個斯巴達戰士等著殺你，你也不會再爬下來……」

我甚至沒把話說完，因為他看著我的眼神彷彿我是他認識過最蠢的人。

「那麼你應該也知道斯巴達人最後出了什麼事吧？」他說。

「你該走了，賽拉斯！」警長更大聲的又說了一遍。他的表情緊繃，顯然心思已經放在接下來要做的事情上了。我很清楚那個表情代表的意義。

我非常不情願的沿著溪岸走到瀑布後的小徑。我沒有回頭，也沒有和他們道別。

我又一次被活著的人拋下，只剩鬼魂為伴。對此，我已經無話可說。

3

爬到接近懸崖的頂部時，我發出暗號，讓他們知道我已經到了。我看著他們穿過瀑布，緊貼著石壁沿著小溪的左岸前進。他們的肩膀上掛著兔子屍體，身後拖著假人。十分鐘後，他們到達小溪第一個轉彎處，澈底的從我的視線中消失了。

「如果我們爬上那邊的小懸崖，就能再看到他們。」米頓維爾指著一個方向說。

「你先走。我想去看看小馬。」

他看著站在警長的白馬旁安靜吃草的小馬。

「小馬沒事，賽拉斯。你還好嗎？」

「我只是有點累了。你去吧，然後告訴我可以看到什麼。」

他猶豫。「好吧，我去去就回。」

米頓維爾離開了。

小馬看到我走過去時嘶鳴了一聲，低下頭來。我將臉頰靠在牠的長臉上輕輕摩挲，然後閉上眼睛。我現在需要的就是這樣的撫慰，可是我無法對米頓維爾說出口。我需要溫暖，需要能用手臂摟住並全力擁抱的對象。小馬是如此的勇敢強壯，我卻是如此的迷茫渺小。我深呼吸，只想將牠的力量全吸進體內。雖然不知道為什麼，但小馬似乎明白我的感受。牠用口鼻輕輕蹭我的方式，讓我覺得牠很貼近我的心。我們才一起旅行了四天，卻有相處一生的錯覺，彷彿我們認識很久很久。我猜我們已經深深連結在一起，就像戰爭中的隊友，一同上戰場的士兵……

儘管這個想法轉瞬即逝，我的心裡還是產生抗拒，後悔居然這麼想。事實上，我甚至因此生自己的氣。連結？一同上戰場的士兵？為什麼我的思緒會跑到這麼可笑的方向？我不過只是讀了幾個破爛書本裡的古老故事，對戰爭中的隊友又了解多少？難怪副警長會以看著白痴的眼神看著我。一個微不足道的鄉下小男孩，帶著他的神奇小馬，大放厥詞的談論斯巴達戰士。我對真實世界根本一無所知！

在老密林度過的四天讓我看清楚這一點。我在這四天裡看到的真實世界，比我在過去十二年裡看到的還要多。沼澤那些鬼魂曾遭殺害，裡面甚至有比我更小的孩子。

那才是真實世界。騎著馬來抓老爸的人、法警口中的槍戰、在光禿地面上被繩索綁著的馬頓兄弟。那才是真實世界的真正面貌。

在此之前，我從來不須面對這種事。我這一生受到很好的保護，一直都安穩的待在我那波恩維爾的繭裡頭，與老爸和米頓維爾相伴。然而，我現在不過是從繭中窺視到一點外面的樣子，居然就以為我了解全貌。「一同上戰場的士兵」、「斯巴達戰士」——我覺得自己不但愚蠢，而且幼稚。這就是為什麼他們不願意帶我去。「待在家裡，賽拉斯。」「回去吧！賽拉斯。」老爸和米頓維爾都知道這一去，將沒有回頭路，因為一旦你知道了某些事，就沒辦法再假裝不知道；一旦看到了，就無法將它從記憶中抹去。

我終於明白了。直到現在我才意識到他們為我做了什麼。老爸用他的書和故事教導我。他做一隻靴子只能賺二十五分錢，為了我，他天天辛勞工作累得像條狗。還有米頓維爾，總是帶給我歡笑，陪伴我度過孤獨的日子。我甚至從未想過自己有多麼幸運。

也許，說到底，那才是一切意義所在。盡可能阻止我接觸另一個世界，珍惜我仍然單純的好時光。

我在想，從另一個角度來看，真實世界也包含這些：父母親和鬼魂，生者和亡者，憑空出現的飛舞蝴蝶。人們將這些輕輕捧在手中，能留多久就留多久，無法永恆如此，便盡可能無限延長。即使只是出現一下子也好，人們召喚著奇蹟，卻從不為自己。在這之中，奇思幻想並非關鍵，那份嘗試才是最重要的。這也是真實世界。

當我看到在小鎮監獄見過的年輕女子從幾棵樹後走向我時，我就是這麼想的。

「戴西蒙德去哪裡了？」她問我。她將雙手優雅的按在心臟上，鮮血不停從傷口冒出，染紅了蒼白的手指和黃洋裝的喇叭袖。

「他下溪床去追捕壞人。」我回答，努力不去看她的傷口。她有一雙肉桂色的眼睛。

「這樣啊。」她微笑點頭說。「戴西蒙德很擅長和壞人對戰。他們是奴隸嗎？」

「我不知道。」

「我們遷移到西部，是想定居在自由州[1]。」

我點點頭，雖然我不知道那是什麼意思。

「請你幫我指路好嗎？」她問。「他往哪邊去了？」

「從那條小徑下去。」我指了指她應該走的方向。她看著小徑。

「你能帶我去見他嗎？」她禮貌的問。

我歪著頭看她。

「恐怕我做不到。」我回答。「戴西蒙德叫我和馬一起待在這裡。如果你不介意，可以告訴我你的名字嗎？」

「瑪法達．查爾方特。」

1 Free-state，指一八六一年開打的美國南北戰爭發生前，在林肯統治下、黑奴自由解放的州，相對於承認奴隸制度合法的蓄奴州（slave states）。

「你是戴西蒙德的妻子嗎？」
她笑了。「不是，傻瓜。我是他的妹妹。那麼，我應該去找他了。謝謝你。」
「祝你好運。」
她繞過我，開始由小徑往懸崖下走，然後她停下來，轉向我。
她說：「如果我找不到他，你可以幫我轉告他一句話嗎？」
「當然，如果我有機會的話。」
「告訴他，我幫他把媽媽做的果乾布丁留在麵包盒裡，但很抱歉大部分都被我吃掉了。你會跟他說吧？」
「我會的。」
「謝謝你。」她微笑回答。她臉頰上的酒窩和查爾方特警長一模一樣，還有一頭類似的捲髮。
米頓維爾走回我身邊，我們看著她走下小徑。我好想對他說「你們真是太奇怪了」。

「你覺得剛剛那是怎麼了？」我問他。

「我猜她對自己吃那麼多布丁很內疚。」他漫不經心的回答，沒有想太多。「我看到警長把假人架好，看起來挺不錯的。」

「所以這樣就夠了嗎？」

「嗯？所以這樣就夠了嗎？」他睜大眼睛看著我，我知道他真的聽不懂我的問題。

「這樣就足夠讓一個人……留著不走？」我疑惑的問，「對吃那麼多布丁很內疚？似乎是一件很小的事。我還以為一定是什麼比這更嚴重的事才會讓靈魂留下來。布丁！這對我來說不成理由。為什麼有的人會留下，有的人卻走了？」

他皺了皺眉頭，低頭看著兩隻手的手掌，彷彿上面有答案似的。「該死的，我最好會知道，賽拉斯。」

「米頓維爾，你是我的舅舅嗎？」

他很驚訝的抬頭看我。「你舅舅？」

「我媽媽以前有個弟弟。」

「不，賽拉斯。我不認為我是。」

「那你和我到底有什麼關係？」我不耐煩的問。「我們是怎麼連結在一起的？為什麼你會來找我？你怎麼會不知道？」

他揉了揉額頭，似乎陷入掙扎，努力的回想一切。

「我真的不——」他開始說。

「請不要再跟我說你不知道！」我心中頓時漲滿太多無法處理的情緒，忍不住大喊。「我聽膩了，米頓維爾！『我不知道，賽拉斯！我不知道！』你怎麼會不知道？」

他沒有立刻回應我。當他終於再開口說話時，聲音很嚴肅。

「但我真的不知道，賽拉斯。」他低聲說，我明白他說的是實話。「你覺得如果我知道，我會不告訴你嗎？你以為我會瞞著你嗎？該死。你說你聽膩了我說不知道，但也許你真正想說的是你已經厭倦我了，是不是，賽拉斯？你現在是在告訴我，希望我離開你之類的意思嗎？」

我完全沒想到事情會變成這樣。「不！當然不是。我根本沒有那個意思。」

「那就別再問我這樣的問題了！」他大喊，我從沒見過他以現在這種眼光看我，彷彿我深深傷害了他。「不要再問我不知道的事情！你明明清楚我不知道！我也告訴過你一百萬次我不知道！」

「好！」我漲紅了臉回答。「對不起！只是……」

「只是，什麼？」

「只是如果有人可以為了布丁就留下來，那為什麼不是所有人都留下來呢？為什麼她沒有……」我的聲音哽咽。「為什麼她沒有回來找我？」

我突然淚流滿面，幾乎沒辦法把這句話說完，畢竟這個想法藏在我心裡已經非常非常久了。

米頓維爾嘆了口氣。我想他最後終於明白了。他停了好幾秒，才開口回答。

「也許她回來過，賽拉斯。」他輕聲說：「只是以你看不到的方式，以我無法知曉的方式。我的意思是，你看看小馬，牠是怎麼一路將你帶到這兒來的。」

「我不是在說這個。」我低聲反駁，用手掌擦了擦臉。

「我知道。」他又低下頭看著自己的雙手，彷彿有更好的說法寫在手上。「我知道你不是。聽著，我很抱歉——」

「不，應該是我要道歉。我顯然不想讓你離開我，永遠都不想，一百萬年後也不想。沒有你我會失去方向。」

他疲憊的笑了笑，像累了似的靠在身後的樹幹上。

「嗯，那很好。」他鬆了一口氣。「因為我也不想離開你。」

「即使我有時候是個笨蛋？」

他輕輕推了我的肩膀一下。「我才是笨蛋吧！」

我在此時下定決心，永遠不要再問他這種問題。不論是對他來說，還是對我來說，都太痛苦了。無論我們之間有什麼神祕的連結，無論他來找我的原因是什麼，說到底全都無關緊要。重要的是他一直陪在我身邊，直到最後。

然後我的心裡冒出一個念頭。

「我應該和她一起去的。」我對他說：「她叫我帶她去找警長，我應該陪她去的。」

「如果你的心告訴你該怎麼做，你就聽它的話，賽拉斯。」

「我得去做我的心要我做的事。」

4

我們追上瑪法達・查爾方特時，她還沒走多遠。我帶著小馬，因為我知道我很快就會需要牠。和我預料的一樣，牠即使在狹窄的小徑上也走得非常穩健。

瑪法達似乎很高興見到我。

「你要騎嗎？」我伸出手，禮貌的問她。

「喔，好，謝謝！」她回答，用沾滿鮮血的雙手握住我的手，將腳放入馬鐙，爬上馬鞍，坐在我身後。小馬穩如泰山，連一步都沒有後退。

我們跟著米頓維爾繼續從懸崖邊往下走。奇怪的是，我無法判斷瑪法達能不能看見他，因為不管看到什麼，她總是一臉很驚奇的表情。甚至當我們走進瀑布被水霧噴得一身溼時，她還開心得咯咯笑。彷彿所有的事對她來說都很新鮮有趣。

我們走到被綁起來、塞住嘴的馬頓兄弟附近時，他們已經醒了，睜大眼睛、淚流滿面的瞪著我。看到他們僅穿著長褲躺在冰涼的地面上，讓我稍微生起一點同情心，但我很快想起他們那天晚上帶走老爸的的惡劣行為，還有我們現在的危險處境全是因為他們的自私無情，我的心立刻硬如鋼鐵。我翻身下馬，走到岩牆邊，去找被副警長藏起來的雙胞胎的步槍。

「這些是戴西蒙德要追捕的壞人嗎？」瑪法達問我，坐在馬鞍上憐憫的看著他們。

「他們就快變成壞人了。」我回答，從草地上拿起一支步槍。「也許這樣會幫他們走上正確的道路。」

我一點都不在乎他們聽到我在對「看不到的人」說話。

「他們躺在地上看起來似乎很冷。」她說。

我試著不理她，但是做不到。於是我走到那堆馬鞍旁，拉出兩條毯子，在他倆身上各蓋一條，刻意避開他們感激的目光。

當我爬回小馬身上時，瑪法達對我微笑。

「像是蟲子蓋毯子，暖和又舒適。」她甜甜的說。

我們很快走到警長和副警長早些消失的第一個溪彎，夾在懸崖岩壁和小溪間的堤岸大約有六公尺長，散布的圓形巨石上長滿了溼滑的苔蘚。一看才知道，小溪可比從上面觀察到的要大多了，也更澎湃，簡直可以說是條洶湧的河。不深，但水流湍急，拍擊溪岸的聲音極為響亮，聽起來幾乎像一百萬雙手一起鼓掌。

「米頓維爾。」我大喊。

他在我們前面不到三公尺處停下，轉身。

「你能不能越過小溪，在對岸看著我，當我快到洞穴時打個信號讓我知道？」我問。

即使雙胞胎親身示範過，小溪最深處只到他們的腰，米頓維爾還是望著小溪對岸，搖了搖頭。「如果你不介意，我寧願和你們待在一起。」

他的眼神閃爍。我突然意識到他似乎很怕水，我以前居然不知道，真是令人吃驚。

「當然。」我說，盡量不表現出心裡的困惑。

鬼為什麼會怕水，不合理吧？他又不會淹死。但我又想了想，說不定他真的會淹死。畢竟，我們並不知道規則。無論如何，死一次就很夠了。米頓維爾的表情和顫抖的下巴十分清楚的說明了這一點。

「對不起，賽拉斯。」他溫順的說，生怕讓我失望。

「傻瓜，沒關係的。」我溫柔的回答，有生以來第一次覺得自己像是他的兄長。

「我可以過去對岸！」瑪法達開心的說：「我喜歡水。」話一說完，她就從小馬身上跳下來，跑進小溪，一頭潛入水流之中，立刻不見蹤影。

我們又走了大約四百公尺。因為之前在懸崖上觀察過，所以我對我們目前走到哪裡稍微有點概念。很難相信我和華默法警一起待在上面不過是今天早上的事，當時我們從崖壁邊緣向下望，我的膝蓋還因懼高而抖個不停。從谷底往上看，完全看不到上頭的樹木和灌木，只能見到高聳入雲的陡峭岩壁。之前從懸崖邊觀望時，岩壁看起來全是陶土的黃色，但現在卻是明亮的紫色，近似晚霞。而我的頭頂上方，整座天空，全是薰衣草的色澤。

遠處的夕陽正慢慢落下，光線照射在懸崖頂端的突出岩壁上，彷彿橙色的珠寶般閃閃發光。但此刻的落日似乎屬於另一個世界，遠超過我能碰觸的範圍。在這裡，沒有西方、東方、北方或南方，甚至沒有向上或往下，只有小溪的蜿蜒曲折，前進與後退。這些逼近的石壁將那個有方位基點、城鎮和海洋的正常世界隔絕在外。我想到希臘神話中的女海妖錫拉、漩渦海怪卡律布狄斯，當她們遇上尤利西斯——

「你應該把小馬留在這裡。」米頓維爾低聲說：「如果牠鳴叫或發出聲音可不是件好事……」

我用力眨了眨眼，從亂飄的思緒中清醒過來。

「而且你必須全神貫注，賽拉斯！」他告誡我。「現在沒有時間做白日夢，你一定要保持清醒和警覺。」

他的話像是給我潑了一盆冷水。我點點頭。他是對的，當然。

「賽拉斯，醒醒吧！」我對自己喊話。

我下了馬，將小馬拴在溪床的一塊大石頭上。我怕牠會試圖跟著我，但牠似乎明白得留在這裡。說真的，我好希望能找到適合的詞彙，來說明我有多麼確定牠能讀懂我的想法，只可惜我找不到。

我也無法解釋為什麼我將牠帶到小溪邊，明明並不真的有必要。我所能想到的是，在我內心深處有個和這些岩壁一樣古老的地方，告訴我小馬在即將展開的事件中會扮演一個極為關鍵的角色。

5

已是全然的傍晚了。空氣感覺很厚重，陰影處開始染上深藍的夜色，萬物的邊緣變得模糊而相融。我總覺得這介於日與夜之間的時刻如夢如幻，有一些事只會在這時候發生。就像老爸過去常說的：「這是屬於紅帽地精、惡魔精靈和妖怪國王的時刻。」而我現在就有這種感受，彷彿看著自己成為一個朝聖的遊俠騎士從高遠的上方走來。我不是我，而是他。

又來了，總是控制不住自己的思緒四處飄散。我不知道為什麼我的腦袋一直在胡思亂想，米頓維爾是對的。我需要集中注意力，驅散紛亂的想法。

米頓維爾用手肘輕輕推我一下。

「我很清醒！」我回答。

「噓！」

他指了指前方的小溪急彎處，靠近我們的這一側立著警長和副警長布置的第一具假人，它的手肘靠在一塊大石頭上，雙臂夾著一根看起來像步槍的長棍，指著洞穴。第二具假人以相似的姿勢放置在它前面。我必須承認，它們的效果非常好。我本來認為這計畫太過愚蠢，但從我站的地方看，它們極像神槍手。我跟假人的距離比起從洞穴算起，至少近個二十公尺，都看不出什麼明顯的破綻。

我可以從「假步槍」所指的方向看出洞穴的入口已經不遠了。我記得這裡的石壁看起來像波浪狀的窗簾，而洞穴就藏在兩個大彎折的交會深處。

我放慢速度，貼著石壁，繞過第一個彎。轉彎之後，我立刻看到兩位警官就在我前面大約三十公尺的地方。他們並肩前進接近洞穴，雙腳踩在溪中濺起水花，一點都沒有要保持安靜或不想被發現的樣子。他們低著頭，假裝在輕鬆交談和友好的大笑，試圖扮演完美的馬頓兄弟。死去的兔子掛在他們的肩膀上，步槍很隨意的握在手中，在暮色的靛藍空氣裡，他們看起來就像剛狩獵回來的雙胞胎。計畫生效了！

洞穴入口就在他們前方約十公尺處。它的實際尺寸比我從峽谷對面看時顯得更大一點。洞口坐著兩個正在吸菸的魁梧男子，他們坐在突出的岩塊邊緣，雙腿懸空。這兩個應該是流氓兄弟，我想。他們幾乎沒怎麼注意警官們走近，即使比烏蒂曼副警長（顯然他的臉皮比城牆還厚！）大膽向他們揮手。流氓兄弟完全沒有提高警覺。

當警官們走到離洞穴只剩四公尺遠時，我聽到其中一個流氓從突出的岩塊對他們說：「你們總算回來了！」

查爾方特警長頭也不抬的說：「我們先把兔子扔上去給你們，這樣比較容易爬上去。」為了聽起來像雙胞胎，他故意提高聲音。

流氓兄弟放下步槍，準備接兔子。然而就在此時，一個肩上披著毯子的男人從洞穴裡走了出來，低頭對著他們大吼：「直接爬上來就好，你們這兩個白痴！」

我立刻認出那是魯夫・瓊斯的聲音。我相信就在那一秒，他也同樣認出警官們不是雙胞胎兄弟。在我還來不及反應之前，兩位警官迅雷不及掩耳的舉起步槍，往上朝流氓兄弟射擊。槍聲在峽谷裡迴盪，其中一個流氓頭朝下從岩塊邊跌落溪床，另一個則跌跌撞撞的往後退，中了槍但沒有死。魯夫・瓊斯立刻臥倒，手腳並用的爬回洞穴。

我可以聽到洞內傳來極大的騷動，只見兩位執法人員七手八腳的靠在岩壁上找掩護。比烏蒂曼副警長全速衝過狹窄的溪岸，跑到洞穴另一邊的溪彎。

風變大了，空氣裡頓時夾雜著涼意。

「聽著！」查爾方特警長對洞穴裡的人大喊：「羅斯科・奧勒倫蕭！你們已經被包圍了！丟掉武器，雙手舉高走出來！」

他的話才剛說完，幾發步槍子彈就落在他附近，他猛的向後緊靠石壁。比烏蒂曼副警長從他躲著的後方彎道還擊。

「沒用的，你們已經被包圍了！」查爾方特警長大喊。

他一邊大喊，一邊往小溪對面的崖壁開了兩槍，朝假人的方向射擊。槍聲在峽谷裡迴響，洞穴中的人立即開始對假人開槍，這讓警官們得到掩護趕緊向洞穴開火。這當然是好事，但我從所在的有利位置可以清楚看到他們躲的地方離洞穴太近，也太低。子彈無法有效的射進洞穴內，只能打到入口附近的洞頂。受傷的那個流氓一定也發現了這點，因為他趴在地上，開始爬向突出岩塊的前端。兩個警官都看不到他，但我可以，因為我離得夠遠。

「魯夫・瓊斯！我們知道你是誰！」查爾方特警長一邊喊，一邊為步槍重新裝彈。「我們要抓的是奧勒倫蕭，不是你！所以放下你的槍，走出來，你會得到——」

受傷的流氓已經爬到最前方，伏在岩塊邊緣開始開槍。警長再次背貼石壁，但這次速度卻不夠快，從他發出的咒罵聲可以判斷他被子彈打中了。比烏蒂曼副警長跳到洞穴正前方，一槍命中趴著的流氓。

「戴西？」他一邊大叫，一邊又跳回去貼在石壁上。

「我沒事，手臂擦傷而已！」查爾方特警長大聲回應。

此刻的天空幾乎沒有一絲亮光，一陣雷聲突然從遠方傳來，風在我們的背後大聲呼嘯，猛撲而至。暴風雨顯然就快到了。

「奧勒倫蕭！」查爾方特警長一邊大喊，一邊從岩壁走出去，步槍仍固定在肩窩，手腕鮮血直流。「又死了一個！現在只差一個了。到此為止，你的一切都完了！出來吧，讓我們結束這場鬧劇！」

「我的一切才沒完！」洞內傳來一個低沉嗓音，應該就是奧勒倫蕭。「還差遠了。」

就在這時，我注意到小溪對岸的瑪法達瘋狂朝我揮手。我順著她的視線望向洞穴入口，看到一個藍手指的男人正舉著步槍瞄準下方的警長。

「警長，小心上面！」我尖叫。

警長抬頭往上看的同時，一道閃電照亮天空，將它下方的一切全化成了碎片。

第九部

之前那是河流，這可是大海！

——水男孩合唱團《這就是海》
（The Waterboys, *This is the Sea*）

1

我不記得自己按下了扳機，但子彈顯然來自我舉著的步槍。正要射殺查爾方特警長的那人猛然向前一撲，在伴隨閃電而至的雷鳴響起之際，癱軟在地。步槍的後座力將我往後推入小溪深處，這一摔摔得比我想像中更遠，狂風將溪水吹成激流，我無法抓住任何東西阻止自己被沖走。我感覺自己像被一隻巨大海怪拖著，在水流中搖過來、晃過去，同時心裡還想著自己剛才是否真的殺了那個藍手指。

我向媽媽祈禱：「別讓他死！」因為我不希望在地球上的最後一個行為是殺人。我還向她祈禱，如果我的時間到了，請她前來和我在另一個世界相會，因為我非常想念她。我的腦袋裡全是這些事，直到一隻有力的手抓住我的頭頂，像拉住上鉤的魚似的攫住我的頭髮將我拽出水面。

我的肺感覺像被輾碎般的難受，我大口呼吸，在吞下第一口空氣時，注意到四周槍聲此起彼落。把我拉上來的是比烏蒂曼副警長。他的左手扣在我頭上，右手還拿著步槍射擊。就在他左耳的上半部被子彈炸飛時，他用力把我甩向石壁，確保我的安全。

比烏蒂曼副警長踉蹌後退，左手摀住流血的耳朵，右手繼續開槍。傾盆而下的大雨更增添了混亂，天色在眨眼之間全暗下來。太黑了，什麼都看不見，只有在閃電劃破天空時，才能見到亮黃色的光短暫照亮四周。

副警長跳到石壁邊重新裝彈時，槍聲稍緩。隨著另一道閃電劃過，我看到警長正從洞穴的另一端看著我們。副警長裝彈完成後，對他做了一個警報解除的手勢。

在下一道閃電的黃光中，我看到警長慢慢移向洞穴入口的下方。小溪因為大雨而快速高漲，這部分的堤岸幾乎完全被吞噬，一波波的溪水現在直接拍打在崖壁上。

雙方很明顯的處於僵持狀態。我們距離洞穴太近，導致射擊角度太陡，子彈射不進洞穴內。而相對的，他們也無法有效的射擊我們。基本上，就是道簡單的幾何數學題。

比烏蒂曼副警長倚著岩壁滑坐在地，為兩支步槍重新裝彈。

「謝謝你救了我。」我一邊說，一邊將肚子裡的水咳出來。
「現在先不要說這個，小矮子。」
我點點頭，靠在他旁邊的石牆上。他的脖子和肩膀全是耳朵流下來的鮮血。
「我可以試著包紮你的——」
「閉嘴。」
我想他當時的感覺應該很糟，因為他並沒有看著我，只是說：「那一槍射得很好，你救了戴西的命。」
「我希望我沒殺了那個人。」
「嗯，我倒是希望你有！」他吐了口口水。「但我不認為你真的殺了他，如果這能安慰到你的話，因為現在他還在向我們開槍。」
「我以為現在開槍的是魯夫．瓊斯。」
「是他們兩個。」他糾正，並且將其中一支步槍遞給我。「這就是為什麼，如果有人爬下來，你必須朝他們開槍，聽懂了嗎？不要再讓我聽到什麼『天啊，我希望我沒殺了任何人』之類的廢話。這不是場遊戲，小矮人。沒有魔法小馬會來救我們，你明白嗎？」

「明白。」

「羅斯科．奧勒倫蕭！」查爾方特警長大喊，他的聲音如雷電般穿透狂風暴雨。「出來投降吧！你一定知道自己已經無處可躲了。我們只要待在這裡等著，你最終會耗盡食物和飲水的，不如現在就放棄，省了我們這麼多人的麻煩。」

「你們這麼多人？」洞穴裡傳出回應。「我算過你們只有三個人。小溪對岸的都是假人，當我是白痴嗎？」

「沒錯，我們就當你是白痴！」比烏蒂曼副警長得意的嘲諷他。

「我的手下馬上就會回來！」奧勒倫蕭大吼。「他們會把你們剁成肉餡！」

「你是指被我們綁在小溪邊的那兩個小男孩嗎？」警長回答。「還是指懸崖上那個藍手指的人？你沒發現在我們說話時，他的失血越來越多，可能就快死了吧？」

「我有一個提議，你們可以考慮一下！」奧勒倫蕭大喊。

「如果是想賄賂我們，那就算了！」警長回答。

「聽我說完！我有足夠的錢可以讓你和現在圍攻我的兩位朋友都變成大富翁。金額之大，你們想都想不到。」奧勒倫蕭說。

警長回答：「如果我那麼在乎錢，我就會在加利福尼亞挖金子，而不當警長了。」

副警長用手肘輕輕推了我一下。「我們其實還真的去挖過金子。」

「我就是在說金子！」奧勒倫蕭回答。「不是假鈔，是真正的黃金！價值兩萬美元呢！這黃金藏在某處，我手上抓住的這位正是大名鼎鼎的麥克．博特，他會告訴我金幣藏在哪裡！」

我的心瞬間凍結。

2

接下來許久都沒人說話。查爾方特警長瞥了我一眼，也許是因為他在考慮該怎麼回應。原本占據我們聽覺、視覺的暴雨突然小了不少，即使只是片刻，至少給了我們一段安靜的時間理清思緒。天空烏雲散去，萬物在月光下閃閃發光。

「我不知道該怎麼告訴你，」警長實事求是的說：「但在你手上的不是麥克・博特。不過我給你一個建議，不如你放了那個人，我會特地向法官提起這件事，或許你甚至能因此少坐幾年牢。魯夫・瓊斯，你在聽嗎？同樣的提議也適用在你身上！」他一邊說，一邊向比烏蒂曼副警長比手勢，兩隻手指在空中做出走動的樣子。

「你待在這裡，小矮子。」比烏蒂曼副警長小聲對我說，同時用手指抵住我的額頭，迫使我貼在石壁上。「不要離開這個地方。」

然後，他盡可能的把自己壓在石壁上，臉頰緊貼著岩面，開始攀爬。我想起他之前在懸崖上是多麼害怕，而現在的他又是多麼的勇敢，居然敢那樣往上爬。

「所以你是在告訴我，你對兩萬美元的黃金沒有興趣？」奧勒倫蕭在洞裡尖叫。

「我當然有興趣！」警長以一種近似友好的口氣回答。我知道他是在為副警長爭取時間上攀。「誰不想要兩萬美元？我只是覺得你根本不知道它在哪裡！」

「可是麥克．博特知道，而他已經被我抓到這裡了。」奧勒倫蕭喊回來。「我敢打賭，他很樂意在此時和你們進行交易，以避免坐牢！這也是我願意做的事，兩萬美元可以花很久！所以讓我們結束這場紛爭吧！你們放下武器，我也會放下我的，然後我們可以達成公平的商業交易！」

查爾方特警長輕蔑的笑了笑說：「如果那傢伙在你的人把他揍得七零八落的時候，都沒告訴你金子藏在哪裡，他現在又有什麼理由說出來？面對現實吧！奧勒倫蕭，你找錯人了。他不是麥克．博特！」

「他是麥克．博特！而且他也同意要告訴我金子在哪裡了。」

就在這一刻，我不可置信的瞪大眼睛，看著突然出現的華默法警穿越小溪，不到兩個小時之前，我以為他死了，而現在卻看著他在泡沫般的水裡奮力向前，眼睛亮晶晶的，實在太令人震驚了。但他真的就在那裡，在月光下閃閃發光，像一頭瘋牛似的衝過急流。

「好了，奧勒倫蕭，我已經開始不耐煩了！」警長大喊。他沒有看到法警，儘管老人已經走到堤岸，正悄悄的踏著泥水走向梯子。「讓我們現在就把事情做個了結吧！」

「不如你們先了結！放下你們的武器！」

「可是我們為什麼要丟下我們的武器呢？」警長一邊大笑，一邊大喊。「我們可是占了上風，你這個白痴！你手上沒牌了，你連手下都沒了！你也沒得到金幣，你什麼都沒有了！」

「什麼都沒有嗎？你看看這是什麼？」

就在此時，奧勒倫蕭把一個人推到洞穴前面，好讓我們可以清楚看到——那是嘴巴被堵住、手腳都戴著鐐銬的老爸。奧勒倫蕭本人緊跟在後，將一把左輪手槍抵在老爸的背上。

看到老爸身體彎曲，臉色慘白，我不禁倒吸一大口氣。

「這就是麥克・博特！」奧勒倫蕭瘋狂尖叫著。他蒼白的臉映照著月光，好似白色大理石，或根本就是墓地裡的石碑。

「他已經向我承認了！他答應會帶我去埋藏黃金的地方！」

「你在說謊！」警長大喊。

「我如果在說謊，那麼我就沒理由要留他一命！放下你們的槍——否則我現在就殺了他！」

從頭到腳渾身是泥的華默法警，已經走到梯子底部，正一階一階的將自己的身體往上拉。

「放開他，奧勒倫蕭！」警長鎮靜的大喊，然後從石壁往外走了兩步，讓奧勒倫蕭看到他把步槍舉過頭頂。「如果你讓他離開，我就讓你——」

「我說，放下你的槍！」奧勒倫蕭像瘋子一樣大吼，將貼在老爸太陽穴上的手槍使勁往下壓。「扔掉！否則我會打爆他的腦袋！」

「我在扔了，你看！」警長大喊，將步槍扔在地上，雙手張開舉在空中。

「還有那個胖子！你以為我不知道他在往上爬嗎？」

「傑克！」警長大喊，副警長盡責的從懸崖壁上跳下來，雙手舉在空中，掌心向外，表明他也扔掉了步槍。「好了！你看到了吧？我們已經扔了武器。現在，放開那個人！」

「你們有三個人！」

「沒有，我們只有兩個人！」副警長瞪著我，示意我躲好。警長繼續喊：「我們拿的是連發步槍！」

「剛才明明有三支槍。我知道的！」奧勒倫蕭還在尖叫。

華默法警此時已經爬到梯子的最頂端，躲在突出岩塊的邊緣下方。他渾身是泥，彷彿融入了懸崖石壁。居然還沒人發現他，真是個奇蹟。

「聽著！奧勒倫蕭。」警長繼續說，他的雙手張得大大的，高舉在空中。「我告訴你接下來要做什麼！我們等等會穿過小溪，給你足夠的時間爬下來！然後，你可以從瀑布那裡爬上去，騎上你的馬，隨便你去那裡。你只要把那個人留下來，自己離開就成了。」

就在這一刻，奧勒倫蕭開始大笑，我們簡直無法置信。

「你們以為，我會就這樣放棄兩萬美元的金幣嗎？魯夫，開槍！」

好幾件事在接下來的那一瞬間同時發生。

3

第一件事是穿著黃色長風衣的魯夫·瓊斯從洞穴出來，朝著如今毫無遮擋且手無寸鐵的警官們開槍。而我會一直記在腦子裡直到死去的第二件事，是彷彿來自另一個世界的吶喊，是一陣在峽谷中迴盪的刺耳尖叫——小馬一邊嘶鳴，一邊奔馳過堤岸，衝向洞穴！

在黑暗中，所有人都只能看到牠白色的長臉，鼻孔大張，齜牙咧嘴，宛如脫離身體的骷髏頭在空中飛舞。當然，除了我以外，沒有人看到米頓維爾騎在牠身上，指示牠全速馳騁。

魯夫．瓊斯立刻舉起步槍朝快速逼近的骷髏頭射擊，誤認牠是第三個對他開槍的執法人員。這給了警官們足夠的時間撿回他們的槍，並迅速躲回石壁掩護。

「射人，不要射馬，你這個笨蛋！」奧勒倫蕭大喊。但在警長對他開槍還擊的那一刻，魯夫．瓊斯二話不說立刻放棄，頭也不回的衝進洞穴裡。

「你這個白痴！」奧勒倫蕭大喊，然後他也開始朝著警官們開槍。

奧勒倫蕭稍微分了神，而這已經足以讓老爸抓緊機會，採取行動。他身體一轉，用手肘狠狠的撞向奧勒倫蕭的肋骨，然後在奧勒倫蕭彎下身時，再次揮擊，將戴著鐐銬的雙臂當成棍子用力的從這歹徒頭頂打下去。奧勒倫蕭倒在地上，但在老爸發動第二次攻擊之前，他滾到洞穴邊緣，翻身，背靠地面，拿槍指著老爸。就在他扣下扳機的同時，華默法警從洞穴前的岩塊邊衝出來，雙手握住奧勒倫蕭的手槍前端。巨大的爆裂聲響起，彷彿有什麼東西砸在石塊上，子彈直接轟在法警的雙手中炸開了。有那麼短短的一瞬間，老人就在洞穴邊緣搖搖晃晃的站著，看著手臂末端模糊的血肉，然後他向後倒，像一棵樹一樣筆直的從懸崖邊往下掉。我甚至沒有聽到他落水時濺起的水花聲。

但是我沒有時間去想這個，因為洞穴裡還沒完。奧勒倫蕭正拿著手槍撞擊石牆，用人們在擊發失敗後的普遍作法，挽救他的左輪手槍。老爸趁機將一個大木桶扛在肩上衝向他，在老爸將木桶扔向他之前，奧勒倫蕭胡亂開了一槍。他顯然已經豁出去，什麼都不在乎了，不管這麼做極有可能膛炸，反而會殺了自己。接著奧勒倫蕭翻過身，木桶剛好從他身上擦過，砸在地面上。下一秒，大量的白色粉末從破掉的木桶裡噴出來，銀色煙霧頓時瀰漫整個洞穴。之後，我再也看不到裡面的任何情況。

比烏蒂曼副警長和查爾方特警長飛快的爬上梯子，跳進洞穴。我正打算跟上去時，眼角餘光瞥見一團黃色風衣，正順著突出岩塊另一端垂下的繩索爬下來。

「不，你想都不要想，魯夫・瓊斯！」我大喊，用步槍指著他。

「喔，真該死！」他大聲咆哮，然後抬起頭，似乎要爬回洞穴。可是下一秒，他卻跳到我身上，把我澈底壓扁！我的腦袋爆出無數的小星星，有一瞬間我連自己在哪裡都不知道。很快的，我重新意識到自己躺在地上，而他正試圖從我身上站起來。我手中的步槍被打掉了，但我沒有絕望，因為我所能想到的，就是整件事的起源全因為他在那天晚上出現並帶走老爸。我怒火中燒，氣到使出自己也沒料到、前所未有的巨大神力。

他一站起來，我就抓住他的腿，用盡全力纏住他。無論他多麼努力的想擺脫我——即使猛拉我的頭髮，即使感覺每根頭髮都快被從頭骨扯下，我都沒有放手。最後，他開始用力一根一根的掰開我的手指頭時，我乾脆張口咬住他的大腿。他放聲尖叫，然後用另一條腿的膝蓋擠壓我的臉。我終於鬆手，我能感覺到鼻子裡的骨頭碎了，而且嘴裡灌滿了鮮血。

當我仰面倒地時，他轉身準備逃跑，然而小馬卻不知從何處竄出，在他面前以後腿站立起來，足足超過三公尺高，瘋了一般的尖叫嘶鳴。人們並不認為馬會像獅子或大象那樣咆哮，但小馬以蹄子猛踢魯夫．瓊斯時，的的確確是在咆哮。牠口吐白沫，瞪大眼睛。魯夫．瓊斯一邊跌跌撞撞的後退，直到背靠石壁，一邊抬起雙臂護住自己的臉，可是無濟於事。小馬的蹄子宛如百斤木槌，猛力重擊他的臉。我毫不懷疑如果不是比烏蒂曼副警長介入，他絕對會被小馬當場踢死。渾身蓋滿白粉的副警長從梯子上跳下來，舉起拳頭往他的頭頂一揍。魯夫．瓊斯癱軟倒下。這其實是救了他一命，因為小馬到了那時才停止對他的攻擊。

我想開口說話，卻不知道要說什麼。然而副警長飛快將我拉起來，幾乎是半抱的把我丟上梯子。

「快點！」他催促我，語氣出乎意料的著急。

我爬上梯子，一頭跳進洞穴。裡面所有的東西全覆蓋一層白色粉末，我首先辨認出的是躺在破木桶旁一動也不動的羅斯科．奧勒倫蕭。然後是在岩壁旁照顧老爸的查爾方特警長，爸的腹部在流血，警長正在快速的幫他包紮傷口。

「爸！」我大喊，在他身邊跪下來。

老爸看著我，一臉不敢置信的表情。他的臉沾滿了細細的白粉，除了眼睛，他的藍眼睛仍閃閃發光。

「賽拉斯？」他說，無法理解我怎麼會出現在這裡。

「賽拉斯，退後一點，給他呼吸的空間。」查爾方特警長一邊說，一邊脫掉襯衫用來止血。

「他被槍擊中了？」我問，無法理解眼前的畫面。

「你怎麼會在這裡，賽拉斯？」爸輕聲問。

「我來找你，老爸。」我握著他的手說：「我帶了警長來，我知道你需要我們。」

「我確實需要。」他回答。「我以為我幫了他們，他們就會放我回家，但是……」

「保留你的體力。」查爾方特警長說。他的手被老爸的血浸得通紅。

我捏了捏老爸的手。

「……我不應該離開你的，賽拉斯。」他說：「我不知道還能怎麼辦，我只是想保護你的安全。」

「我知道的，老爸。」

「我答應過她，我會保護你的安全。」

「我知道。」

鮮血繼續從他身上噴出來。在覆蓋一切的白粉襯托下，看起來紅得極不自然。

「米頓維爾和你在一起嗎？」他低聲問。

米頓維爾點點頭。

「是的，他就在這裡。他就站在你身旁，老爸。」

老爸微笑，閉上了眼睛。「你媽媽曾試圖救過一個溺水的男孩。我告訴過你嗎？」

米頓維爾眨眨眼，看著我。

「沒有，老爸。」我回答。

比烏蒂曼副警長走到我身後，將手輕輕放在我的肩上。到了這個時候，我才明白老爸快死了。

「我帶來了她的小提琴，」我說：「我不知道為什麼……」

「你帶來了？」他的眼睛睜得大大的，彷彿我剛才回答了一個對他來說一直想不通的問題。他伸出另一隻手，放在我的手上，緊緊握著。

「你是個好孩子，賽拉斯。」他說：「你會有美好的一生，你會在這世上過得很好。成為你的老爸是我人生中最棒的一件事。」

「老爸，不要離開我。不要只剩我一個人。」

然而，他還是走了。

4

目睹靈魂離開身體是種非常奇妙的經驗。我不知道為什麼我會有看到這些的天賦，也不知道為什麼生與死的界線對我來說總是如此模糊。我不知道為什麼有些靈魂會流連世間，而有些卻沒有。媽媽沒有留戀，老爸也沒有。他的靈魂從身體升起，短暫盤旋，完全沒有受到重力影響。你有沒有看過熱氣從光亮的表面升起，融入超乎它本身的世界邊緣？那就是靈魂離開地球時的模樣，至少對我來說是這樣的。可能其他人看到的與我不同，但我只能依據自己的經驗發言。

米頓維爾輕輕的幫老爸閉上眼睛。我甚至哭不出來，因為我一直知道它是怎麼一回事。直到今天，過了很多年後，我還是不會為了靈魂在兩個世界之間的穿梭而感到難過，因為我明白這是怎麼運作，知道在我們有生之年的漫長歲月中，靈魂是如何的來來去去。我意識到這其實和老爸的鐵版相片很相似。雖然我們要等到陽光或其他神祕的媒介產生效果才能看到圖像，才能化無形為有形。但是，事實上，圖像一直都存在，只是凡人看得到和看不到之間的差別而已。

查爾方特警長站在老爸身體的另一側抬頭看我，我看得出來他很難過。「我很抱歉，賽拉斯。」他說。

我的腦海裡一片混沌，一個字都說不出來。他低下頭，深深的嘆了口氣。比烏蒂曼副警長仍然跪在我身後，他一隻手放在我肩上，另一隻手臂環住我，緊緊抱著我。

他將下巴抵在我另一邊的肩膀上，擁抱我。

我很不習慣從他身上感受的柔情，但我雙手抓住他的手臂，以這輩子從未有過的力道緊緊握住他的上臂，只因為他還活著，還在呼吸，而那就是我現在所需要的。

5

我們在洞穴裡待了一夜。那晚後來發生的事，我其實記不大清楚。但我記得，在白粉落定不再飛舞之後，我們發現洞穴裡頭原來比入口開闊數倍，高大約十四公尺，最寬處甚至超過三十公尺。洞穴中的東西擺放得井井有條，就像一座倉庫。每一個角落，每一處縫隙，都擺滿裝有化學藥劑的木桶，以及一疊又一疊堆得跟人一樣高的假鈔。所有的東西現在都覆蓋著一層細細的灰塵，不需要任何人告訴我，我一聞就知道那是硝酸銀。

比烏蒂曼副警長把魯夫・瓊斯帶進洞穴，將他和仍然昏迷不醒的奧勒倫蕭背靠背的綁在一起。狡猾的魯夫・瓊斯那晚在洞穴裡異常健談。他或許是覺得跟警長合作有機會減刑，也可能是他想減輕良心的譴責。無論是什麼原因，儘管他整口牙齒掉了一大半，一隻眼睛也腫得睜不開，他還是喋喋不休的講述製作偽鈔的相關細節，就好像警官們在問他問題似的。可是他倆並沒有。他們知道有人死了，現在要做的，就是保持沉默，然而魯夫・瓊斯卻不管不顧的說個不停。

「那邊那個設備，」他用跟帶走老爸那晚相同的歌唱般語調說：「那是靠模車床。這一次我們並沒怎麼用到它，我們想嘗試一些新的方法。看到左邊的房間了嗎？」他用下巴指向洞穴的左側。「那裡就是我們用溶劑擦掉紙幣原有墨水的地方。我敢打賭你們很想知道我們從哪裡弄來的鈔票，對吧？」

「閉嘴！」副警長說。

魯夫・瓊斯吐出另一顆鬆動的牙齒，聳了聳肩。「我只是以為，你們會想了解製造過程的全部細節。」

「光是你把我耳朵打掉的事，就夠我現在殺掉你了。」副警長回答。

「絕對不是我！我的槍法爛透了。」

「閉上你的嘴。」

「順便說一句，我願意上法庭指證奧勒倫蕭。我知道他所有的犯罪細節，我會全力配合以換取減刑，請你們一定要記得告訴法官。」

「不要再說話了。」警長說。

這一切都發生在我背後的洞穴深處。我還坐在蓋著毯子的老爸遺體旁，米頓維爾站在我身邊，手臂搭在我的肩膀上。我一直坐在那個地方，像個雕像，動也不動。

「我只是想讓你們知道，我沒想到事情會變得這麼糟！」魯夫．瓊斯還在絮絮叨叨。「我天生不喜歡暴力。我是製造偽鈔的人，但不是殺手。你可以問問其他的人。」

「你真的很需要閉上你的狗嘴。」比烏蒂曼副警長警告他。

「依我來看，這都是派克博士的錯。」魯夫．瓊斯繼續說：「他理論上該是我們集團最聰明的人，但他總搞不定那些化學藥品，連他的手指為什麼會變藍色都不知道。

對了！順便告訴你們，就是他告訴奧勒倫蕭我們應該去找波恩維爾攝影師的！一切都是他的錯！他跟奧勒倫蕭說，有一位攝影師幫他妻子拍過肖像，知道如何將相片印在紙上。於是奧勒倫蕭就騎馬到波恩維爾，想看看能從這人身上挖出什麼。一聽說這人是蘇格蘭人——你們知道嗎？從頭到尾他就單憑這點，確信這人絕對是隱姓埋名，實際上是傳說中的偽鈔天才麥克・博特，而且還讓我們也深信不疑！」

我想他說話時大概一直看著我，但我沒有抬頭看他，一次都沒有。

魯夫・瓊斯繼續說：「總之，奧勒倫蕭回到這裡後，就命令我帶上雙胞胎和兩匹額外的馬去將那個攝影師帶回洞穴。我只是聽話照做，這可不涉及我的個人意願呀。請記住，如果當初我按照命令把孩子也帶回來，那麼他現在就會像他老子一樣躺在地上死透了。所以，換個角度想，我也算是救了他一命，我希望你們告訴法官，如果他——」

他沒能把話說完，因為比烏蒂曼副警長從他背後走過去，當晚第二次敲他的頭，再次把他打昏。

「終於安靜了。」查爾方特警長說，聽起來精疲力竭。

「人們需要知道什麼時候該閉嘴。」副警長回答，繼續包紮還在流血的耳朵。

沒有魯夫・瓊斯的碎唸，洞穴變得異常寂靜。一時之間我感覺有點奇怪，彷彿我失去實體飄浮在洞穴裡，從上方凝視自己。我可以看到自己多麼可憐，多麼弱小，多麼孤獨。我的半張臉再次覆蓋著乾涸的血跡，就像我之前進入老密林時一樣。只是這次不是我自己的血，而是老爸的血，因為我在他們用毯子蓋住他之前，將臉貼在他的胸口。後來我在別的地方看見自己這副模樣，我記得那時想著：「這一定是我命運的印記，這半張血紅的臉，因為我一半活在這個世界，一半活在另一個世界。」

「嘿！賽拉斯。」警長叫我，聲音很溫柔。「過來我身邊坐一會兒吧？」他坐在一籃蘋果旁，這是偽造集團留在洞穴裡唯一的食物。

「我沒事。」我回答。我的鼻子雖然又腫又痛，但至少此刻已不再流血。不過我覺得身體其他部分幾乎都麻木了。

「你餓了嗎？」他一邊問，一邊將蘋果遞給我。他被子彈擦傷的手臂也不再滲血了，可是他的袖子上全是暗紅血漬，也有可能是老爸的吧。我不曉得。

我搖搖頭。

「我想到了！傑克。」警長說：「等你包好耳朵後，不如去找找我們之前獵到的那些兔子。我們來為賽拉斯做一鍋美味的燉菜。這裡除了蘋果，沒有別的東西可以吃了。」

「我現在就去。」副警長回答。他把包紮耳朵的一疊沾血鈔票換成新的，再用圓頂帽固定住，開始爬下梯子。

「還有，傑克！」警長在他身後大喊。「你下去之後，看一下小馬的狀況，好嗎？確定牠有被綁在什麼東西上，以免牠亂跑不見了。」

「小馬不會亂跑的。」我小聲說。

「扔幾顆蘋果給我，戴西。」副警長說：「我們應該給魔法小馬一些獎勵，牠可是擊倒了那個碎嘴混蛋。你應該看看牠是怎麼用蹄子猛踹他的，從來沒見過這麼厲害的小東西。」

警長丟了幾顆蘋果給他，副警長繼續往下爬到小溪去。

兩個小時後，洞穴裡全是燉兔肉的味道。警長叫我多少吃一點，他甚至拿著湯匙放在我嘴邊，試圖像餵嬰兒那樣的餵我，希望讓我產生食慾，可是我無法吞下任何東西。那一整個晚上，他和比烏蒂曼副警長輪流確認我的狀況直到天明。他們都是善良的好人。

第十部

我現在既不怕海，也不怕風。

——法蘭索瓦．芬乃倫《鐵拉馬庫斯歷險記》
（François Fénelon, *The Adventures of Telemachus*, 1699）

1

隔天一早，查爾方特警長爬上懸崖，試圖尋找派克博士的蹤跡，然而藍手指即使被阿爾戈斯咬傷，又被我開槍擊中，卻老早跑得無影無蹤。雖然我沒大聲說出來，但我其實心裡鬆了一口氣，因為這表示我沒有殺了他。儘管沒有他，老爸不會被捲入這個混亂局面，但我並不想殺他。我已經受夠死亡了。

「他很快就會被逮捕的。」警長回到洞穴時說：「世界上沒有幾個人手指是藍的。」事實證明他是對的，因為幾天後，派克博士在試圖搭蒸氣船偷渡到紐奧良時被捕了。

「想知道他的手指為什麼會變成藍色的嗎？」魯夫．瓊斯問，像一個想給老師留下好印象的孩子。即使他的手腳還被綁著，臉上滿是蹄印狀的瘀傷，他仍然像前一天晚上一樣的聒噪。「因為硝酸銀。」

「是因為酒石酸三鐵，你這個白痴。」我喃喃反駁。

魯夫．瓊斯咧嘴一笑。我注意到他大部分的門牙都被踢掉了，而且嘴巴還在流血。「聽聽看！羅斯科！」他大叫，用手肘撞擊昏迷一整夜後終於醒來的奧勒倫蕭。「這孩子也知道那些東西！也許我們當初不應該帶他老爸，直接把他帶來就好。」

「年輕人。」奧勒倫蕭對我說，他低沉的聲音讓我聯想到牛叫聲。「只要你願意，等我的生意重新開始運轉，你任何時候都可以來為我工作。」

「如果你們敢再多說一個字……」比烏蒂曼副警長舉起拳頭警告他們。

魯夫．瓊斯立刻閉嘴，但奧勒倫蕭笑了起來，笑得像他完全不在乎這個世界。他身上帶著一種當慣大老闆的氣勢，從他的絲綢燕尾服和細領帶上，就可以看出他自以為比洞穴裡的其他人都高級。

「你要把我們怎樣，副警長？」他帶著嘲諷的笑容說。「你知道等我出獄後你會發生什麼事嗎？」

「你不會出獄的，」副警長竊笑說：「你可是被我們當場逮個正著的現行犯。更不用說，和你綁在一起的搭檔已經迫不及待要上法庭指證你了。」

「那不是真的！」魯夫．瓊斯驚恐大叫。

「根本不重要。」奧勒倫蕭流利的回答。「魯夫・瓊斯很清楚，任何惹惱我的人在世界上都不會活太久。至於我，從這裡到紐約市，沒有一個法官是我不能賄賂的。」

比烏蒂曼副警長又惡狠狠的朝他逼近一步，但奧勒倫蕭依然不為所動，副警長直直往下蹲在他面前。

「現在仍為時不晚，副警長。」奧勒倫蕭繼續說：「如你所見，這裡有很多很多錢。花一輩子綽綽有餘！當個聰明人，只要你——」

他沒有機會說完，因為副警長對著他假笑的臉吐了一口菸草汁。這讓奧勒倫蕭閉上嘴，至少安靜了好一段時間。

離開的時候，警長先爬下去，在小溪邊等著，副警長用槍指著奧勒倫蕭和魯夫・瓊斯，強迫他們乖乖爬下梯子。然後警官們從車床拆下鐵鏈，把兩個嫌犯的手腕綁在一起，再繞在腳踝上。如此一來，即使他們找到地方躲藏，也不可能逃得掉。在明媚的晨光中，峽谷兩側的岩壁看起來仍和前一天晚上一樣高。「就像特洛伊的城牆。」我抬頭眺望，在心裡這麼想。

「讓我想起了特洛伊的城牆。」米頓維爾說，彷彿能讀懂我心聲。

他站在我身邊，當警官們開始用繩索將老爸的遺體從洞穴吊掛下來時，他伸手握住了我的手。他們用一條新毯子從頭到腳把老爸包住，像裹屍布一樣，所以他並沒有四肢亂甩的撞在懸崖壁上。還好沒有，如果我看到那種畫面，肯定會更加難過。

到了溪床後，我和警官們三人一起抬高他的遺體，輕輕放在小馬身上。我們用繩索固定毯子，將繩子繞過鞍尾下方，再繞過鞍頭，這樣老爸就不會從馬鞍上滑下來。毯子是綠色的，上面繡著小小的黃花，在晨光中非常漂亮。

我們沿著小溪岸邊往回走，朝著瀑布後的岩角走去。魯夫・瓊斯和奧勒倫蕭拖著腳步並排走在兩位警官之間，我和米頓維爾跟在後面，走在小馬和老爸旁邊。就我看來，而且我相信不是我的想像，小馬踩在岩石上的步伐格外謹慎。正如我之前說過的，牠總是走得非常平順安穩，但現在牠卻有些小心翼翼。馬蹄聲在靜謐的晨風中沿著山谷輕輕的迴盪。

我猜如果是一個不了解內情的人看到，一定會以為小馬的馬鞍上是一塊捲起來的地毯。他們不會知道，在綠毯子裡的是波恩維爾寡言的鞋匠，也不會知道他其實是波恩維爾最聰明的人，不但過目不忘，還發明了一種化學藥劑，能讓相片在浸泡過鐵鹽溶液的紙上顯現影像。他們不知道在毯子裡的是一個男孩所能得到的最棒老爸，也不知道那男孩心裡早已淚流成河。

走到突出岩角時，我們看到被留在那裡的馬頓兄弟縮在馬鞍毯下瑟瑟發抖。其實如果不是因為瑪法達・查爾方特，我連馬鞍毯都不想給他們。雙胞胎一看到被綁住並堵住嘴的魯夫・瓊斯和羅斯科・奧勒倫蕭時，立刻像嬰兒一樣開始號啕大哭。

查爾方特警長當場決定放過他們。他說他相信他們真的懺悔了，相信他們在看到這一切之後會害怕，從此遠離犯罪。比烏蒂曼副警長抱持懷疑，而我不反對警長的決定。警長將雙胞胎的馬和白帽子還給他們，其中一頂被副警長的血染成了暗紅色。

「現在大家可以分辨出誰是誰了。」比烏蒂曼副警長說，用力拉了拉賽博頭上那頂沾血的帽子。嗯，也可能是戴在伊本的頭上，我分不出來。

雙胞胎的槍被沒收了。他們的衣服同樣沒還給他們，還穿在警長跟副警長身上。

「我不想在這附近再看到你們。」查爾方特警長嚴厲的警告他們。

「好的，先生！」他們異口同聲的說，不敢相信自己就這麼被釋放了。然後，只穿著長褲、肩上披著馬鞍毯的兩個人便操控馬匹轉身，飛快的朝森林騎去。我希望他們最後去了加利福尼亞，並且真的找到金礦。我不想詛咒他們，我覺得累了。

我們把老爸埋在突出岩角之下，就在小溪兩側之間長著短短春草的綠地裡。

「你想說些什麼嗎？」我們把遺體放進地洞後，查爾方特警長問我。

我搖搖頭。我有很多話想說，但不想大聲說出來。

「你老爸信教嗎？」他輕聲問。「你想要我為他祈禱嗎？」

「不。」我說：「他只相信科學。他是個天才，但他不信教，不用了。」

米頓維爾站在老爸的墳墓旁看著我。

「喔，歡愉！喔，美妙……」他提醒我。那是我媽媽最喜歡的一首詩歌。

「喔，歡愉！喔，美妙和喜悅！喔，神聖的奧祕！」我大聲說：「我的靈魂是精神無垠……」其餘的我不記得了，而且即便我記得，我也發不出聲音。

查爾方特警長在我背上拍了拍，然後他和比烏蒂曼副警長將墳墓邊緣的泥土推到老爸身上。他們找到了一塊光滑的岩石當墓碑，在上面刻下：

馬丁・伯德長眠於此。

2

我們爬上瀑布後方的小徑時已近傍晚。警官們的馬還綁在原地，我們將其他的馬也全牽上懸崖。即使馬比人多，比烏蒂曼副警長還是強迫魯夫・瓊斯和奧勒倫蕭共騎。他叫他們騎那匹本來是為華默法警準備的結實役用馬。

「這太離譜了！」奧勒倫蕭暴怒。「我命令你們讓我騎我自己的馬！」說這話的時候，他的眼睛盯著小馬。

「不，那匹馬是惡魔。」魯夫・瓊斯顫抖著喃喃自語。

「你一輩子能看到的鈔票加起來都沒那匹馬值錢。」奧勒倫蕭拖長了聲音說。「聽著，你們這些鄉巴佬！」他對警官們大吼大叫。「如果你以為我會讓你們帶走我的馬，那麼你們可比我想像的更蠢。牠是我兩個月前才從埃及開羅進口的！直接來自阿巴斯皇室的御用馬場！」

「好了知道了，你喜歡時髦花俏的馬。」比烏蒂曼副警長一邊回答，一邊騎到他身邊。

奧勒倫蕭很快將頭轉開，以為自己又會被吐一臉菸草汁。然而副警長並沒那麼做，反而動作俐落的將他從馬鞍上拉起來，轉了一百八十度，強迫他反方向騎，面對馬的後方。

「看，戴西！」副警長哈哈大笑。「一個馬屁股騎在另一個馬屁股上面！」

奧勒倫蕭大怒。他咬牙切齒，一個字一個字的威脅：「你會後悔的。我一出獄，副警長，我就會把我的馬拿回來，然後我會來找你，到時你會希望你從來沒有——」

他沒機會把話說完，因為副警長拿著包住耳朵的沾血假鈔塞進了奧勒倫蕭的嘴裡。他將假鈔推得很深，然後用繩子固定住。此時的奧勒倫蕭已經發狂，他的眼睛瞪大到幾乎要從眼眶跳出來，額頭上的青筋宛如落在臉上的藍色蠕蟲。當然，他越歇斯底里副警長只會越高興。副警長咯咯笑了起來，還不忘回頭看我一眼，確定我認真的在欣賞，沒有錯過他的創作。

然後他騎著佩東尼走回隊伍的最前面。

不幸的是，儘管副警長可能覺得那麼做很有趣，但他並沒有意識到自己將奧勒倫蕭擺成這個狀態，會讓這個歹徒在返回羅沙雪倫的一路上都和我對望，因為我走在隊伍的最後。

在我們騎馬穿過森林時，奧勒倫蕭以極為惡毒的表情瞪著我。即使他被堵住了嘴，仍舊成功的令我感到不安。他的臉像蠟像一樣光滑，他的眼睛嘲弄的打量我，都讓我心裡非常不舒服。我不知道是因為我騎著他的馬，還是因為我父親造成他被捕，但我從未面對過這種程度的殘酷。老爸一直將我保護得很好，在我一生中，我從來沒有看過任何人表現出這樣的惡意。當然，巴恩斯寡婦並不友善，那些嘲笑我的孩子也還可以再善良些，但不仁慈和殘酷截然不同。或許不仁慈是殘酷的前身，是朝著無可避免的結局邁出的第一步，但兩者還是不完全相同。當我現在目睹這種針對我的殘酷時，不僅這行為本身刺痛了我，而且它純粹的惡意也同樣傷害了我。我無法理解一個成年人為什麼會選擇花時間恐嚇一個剛失去父親的小男孩。在所有我見過的鬼魂之中，沒有一個如羅斯科．奧勒倫蕭一般，澈底失去人性。

到目前為止，我沒為老爸的死掉過一滴眼淚。因為我無法接受事實，心裡還在適應中，我覺得在找到可以安全獨處的地方之前，有必要控制自己的情緒。但是奧勒倫蕭毫不掩飾的怒視讓我不安。我感到自己在顫抖，眼睛開始流淚，耳朵裡全是轟隆轟隆的心跳聲。

「夠了！」米頓維爾說。他貼著小馬，走在我右邊，雙手插在口袋裡。一開始，我以為他是在對我說話，但後來我意識到他是在斥喝奧勒倫蕭。

然而，令我大吃一驚的是，奧勒倫蕭突然將頭轉向左邊，彷彿他真的聽到米頓維爾的聲音，這可是從來沒有發生過的事。

米頓維爾走向役用馬，靠近奧勒倫蕭的臉。

「凶手。」他輕聲說。

奧勒倫蕭搖了搖頭，再次環顧四周，想找出是誰在說話。即使他看不到米頓維爾，可是聽得到他的聲音，這對我來說是一個新的大發現。我在這一生中從未見過米頓維爾使用這種實質手段，他真的在以鬼魂的優勢驚嚇活人，恐嚇活人。

「凶手。」米頓維爾又說了一遍，嚇得奧勒倫蕭睜大了眼睛。如果他的嘴巴沒被堵住，大概已經哭出來了。

「凶手！」

奧勒倫蕭將目光轉向我，想看看我是不是也聽到他聽到的。從他眼中，我看到完全的恐懼。我的臉上一點表情都沒有。

「凶手！」米頓維爾又大聲喊了一遍。聲音隨風飄揚，在空氣中迴盪。他一遍又一遍的尖叫著：「凶手！凶手！凶手！」

到了此時，奧勒倫蕭已呈半瘋狂狀態，動作劇烈的四處張望。如果能用雙手摀住耳朵，他一定會那麼做，只可惜他的手被綁在身後。他沒辦法不去聽米頓維爾的聲音，只能開始左右搖頭，上下晃動肩膀，彷彿想要將他腦海中的聲音驅逐出去似的。就像被隱形黃蜂螫了一樣，全身都在抽搐。

「你怎麼了，羅斯科？」魯夫．瓊斯喃喃自語，試圖向後看。

奧勒倫蕭沒有回答，可能是因為他發出的號叫聲太大，蓋住了魯夫的問話。魯夫．瓊斯用手肘撞他，他停下不再號叫，卻仍繼續呻吟。他的眼睛緊閉，牙齒打顫，像一個熱痙攣發作的人。他的臉色灰敗，蒼白如紙。

米頓維爾直到此時才停止對他尖叫，然後盡可能的貼近奧勒倫蕭的耳朵，近到我覺得奧勒倫蕭可能可以感覺到他的呼吸，因為他的眼睛瞪得斗大。

「如果你敢再接近這個孩子，」米頓維爾低聲慢慢的說：「甚至只是再去瞪他一眼，你的餘生都不會再有片刻的平靜。我會確保你謀殺過的每個人都會回來折磨你，就像我一樣，每日每夜的折磨你，只要你活著，就不放過你。你聽到了嗎，羅斯科．奧勒倫蕭？」

奧勒倫蕭目瞪口呆的看著前方，眼淚奪眶而出。他一邊瘋狂點頭，一邊啜泣。

「至於你那匹小馬。」米頓維爾繼續說：「那不再是你的小馬了，以後是他的了。如果你向任何人否認，或者你試圖從他身邊奪走牠，我會回來——」

「不，不，求——求求你。」奧勒倫蕭不知用了什麼方法，咬開堵住嘴上的紙鈔，他的牙齒上滿是鮮血。他畏縮了一下，再次閉上眼睛啜泣，口中呢喃：「求求你，求求你，求求你……」

米頓維爾退後一步，他臉上的表情是我以前從未見過的——蒼白、冷硬、令人恐懼。他累壞了，完全的精疲力盡，因為在這個物質世界裡，做出任何動作都要耗費他大量的精力，而他剛才做的事已經超越所有他以往做過的。他放慢腳步，讓我趕上他，然後伸出手，握住我的手。

「他不會再來打擾你了。」他說。

「謝謝你。」我輕聲耳語。

他拉拉我的小拇指。「你看到你的小拇指了嗎？」他說。

我屏住呼吸。他不用把話說完，我也知道他要說什麼，但是聽到他說出來……

「你的小拇指，」他的眼睛閃閃發光，低聲哄勸我：「可比全世界的羅斯科・奧勒倫蕭加起來還要厲害。他不值得你流淚，賽拉斯。」

我們花了三個小時才回到羅沙雪倫。本來可以更快到達的，但在穿過森林時，我們選擇了放緩腳步，慢慢走。

3

離小鎮越近，樹木越稀疏，四周圍著高大樹籬和柵欄的農田逐漸取代了荒野，察覺到即將到達馬廄的馬兒們紛紛加快腳步。我感覺到自己的心跳加快，但是在我的內心深處，只想轉頭穿過森林，回到老密林裡，躲入深藍的夜色懷抱，不要再見任何人，不要再和任何人說話。

就在此時，查爾方特警長放慢速度，操控著馬向我走來。本來走在我旁邊的米頓維爾閃到旁邊讓路給他。從這個簡單的動作，我就可以看出他喜歡警長。

「你還好嗎？賽拉斯？」警長輕聲問我。

「我很好。」我回答。

「你的鼻子怎麼樣了？回到鎮上，我們找個醫生來檢查一下。」

我搖搖頭。「喔，我的鼻子還好，謝謝。你的手臂怎麼樣了？」

他微笑。「也還好。謝謝。」

我們沉默的騎了一段路，然後他轉向我。「我想問你，賽拉斯，你想要我們幫你聯絡在波恩維爾的什麼人嗎？你還有親戚嗎？」

「不用。我沒有任何親人。」

「朋友呢？還是鄰居？」

「有一個叫哈夫洛克的隱士住在離我家大約兩公里的地方。」我回答。「但他算不上是朋友。」

他點點頭。他的白色母馬似乎受到小馬的吸引，正在用嘴輕輕撞擊小馬的脖子。

我們默默的看著兩匹馬互相輕柔的推咬嬉戲。

「嗯，你知道，」他說：「如果你願意的話，可以和我，以及我的妻子珍妮一起在羅沙雪倫住一段時間。至少在你準備好回家之前。」

「謝謝你，先生。」

「你可以叫我戴西。」

我清了清嗓子。「戴西。」

此時，我們已經遠遠落在隊伍之後，但兩個人似乎都不想花力氣追上其他人。

「對了，我要謝謝你所做的一切。」我說：「謝謝你陪我一起去洞穴，還有其他的事。如果你沒陪我去，我連再見他一面的機會都不會有。」

他的臉沉了下來，聲音沙啞。「我很高興你有機會見他最後一面，賽拉斯。但是，我也很抱歉我們沒有早點到那裡……」他的聲音越來越小。

「無論我們之前怎麼做，都沒有辦法改變結果。從小馬回來找我的那一刻開始，一切就已經注定。」

警長看著我，似乎想告訴我什麼事。然而他可能想不出合適的字眼，或者臨時改變主意，他最後只是悲傷的點點頭，將臉轉開。不過我知道他有事情想要問我，我知道他聽到老爸對我說的話。他又花了幾分鐘重新組織語言。

「賽拉斯，你介意我問你一件事嗎？」他終於還是問了，以幾乎是耳語的音量。

「不介意。」

「誰是米頓維爾？」

我已經準備好答案。

「喔，他不是哪個誰。」我聳聳肩說：「他只是我的假想朋友。我猜應該是叫這個名詞吧？至少，我老爸就是這麼叫他的。」

查爾方特警長笑了，彷彿他本來就預料到這個答案。

「啊！」他直視前方回應：「我妹妹以前也有假想朋友。她小時候曾說有兩個小姐姐每天會來家裡陪她喝下午茶。她稱她們為『我的同伴們』，很可愛。我得承認，我不是一個好大哥，我還因此取笑過她。我說我看不到她們，她總是一聽就哭……」他的話沒有說完，句尾隨風飄在空中。

「她們最後怎麼了？」我問。「你妹妹的同伴？」

「她的同伴？喔，嗯……」他嘆了口氣回答：「你可以說，她長大了，不再需要她們了，或至少不再談起她們了。在她十六歲左右，我們搬到西部的兩年前，她就沒再提過。」他停了一下，看看我是否對他說的話感興趣。當他發現我很專心的在聽，便繼續說：「我們家本來住在北方。我們的爸爸是強烈主張廢除死刑的牧師，他帶著全家搬到堪薩斯州，因為他想住在解放黑奴的自由州。然而，當時在堪薩斯，主張蓄奴的惡棍和擁護廢奴的游擊隊之間爆發衝突。我們到達那裡才一年，我可憐的妹妹瑪法達就無端捲入槍戰過世了。你可以想像她的死讓我多麼的傷心。」

我看著他。「他們一直和我們同在，你知道的。」

他抓了抓鼻子。「那是當然。」

「不，真的。他們真的還和我們在一起。」突然間，我不想再看著他了，因為他的眼睛流露出的渴望太過強烈。「人與人之間的連結不會斷裂。他們在我們身邊，就像我們在他們身邊一樣。你妹妹喜歡果乾布丁嗎？我敢打賭她一定很喜歡。」

就像我剛才說的，我移開視線不再直視他，但我能從眼角餘光看到他驚訝得微微張開了嘴巴，皺起眉心。

「事實上，她還真的很喜歡。」他慢慢的回答。

「我敢打賭，有時候她會因為自己吃的比她分到的多而道歉。」

他艱難的吞了口口水，試圖以笑容掩飾顫抖的下巴。一時之間，他似乎不知該怎麼回答。

我安撫他：「誰不喜歡布丁呢？」

就在此時，我看到原本一直走在附近的瑪法達・查爾方特對我一笑，然後消失在樹林裡。

查爾方特警長摘下帽子，抓了抓頭。過了許久，他重新戴上帽子，捏了捏鼻子，深呼吸，握住拳頭，咳了兩下。

「我的妻子一定會喜歡你的，賽拉斯。」他聲音有些哽咽的說。

「你為什麼這麼說？」

「我就是知道。」

「她會做布丁嗎？」

這句話讓他笑了。「事實上，她還真的做得一手好布丁。」

「其實我從來沒有吃過布丁。」我回答。

然後突然間，毫無預警的，我開始哭了起來。不是眼淚慢慢從臉頰無聲滑落那種，而是全身顫抖，啜泣到我開始頭疼，眼淚遮住視線，什麼都看不見的那種哭法。

他彎下腰，伸出手臂摟住我。

「你會沒事的。」他溫柔的說：「一切都會越來越好的，我保證。我的珍妮會把你照顧得無微不至。」

我用雙手抹掉臉上的淚痕，對他溫柔的安慰滿懷感激。在剩下的路程裡，我們都沒再開口說話，只是讓兩匹馬並肩而行。直到我們進城趕上其他人，警長才注意到反坐在役用馬背上的羅斯科．奧勒倫蕭一臉嚇呆的表情。他整張臉都拉了下來，臉色蒼白，雙目緊閉，全身發抖。

警長用手肘輕輕推了我一下。

「他看起來好像撞見鬼了。」他輕聲評論。

我忍不住笑了。

4

羅斯科．奧勒倫蕭被捕，在他的東北部老巢以及我們居住的中西部都是大新聞。我們回來幾天後，一位記者千里迢迢的從紐約市趕到查爾方特警長的家，只為了親耳聽我說，我在逮捕這惡名昭彰大罪犯的過程中扮演了什麼角色。關於小馬的故事傳了開來：「惡魔小馬」衝進小溪吸引惡徒的注意力，讓警官們趁機逆轉情勢，在槍戰中占了上風。魯夫・瓊斯即使被關在看守所裡也還是那麼健談，不厭其煩的將這個豐富生動的故事一講再講。幾年後，還在服刑的魯夫・瓊斯甚至寫了一本回憶錄，書名為《五年的亡命生涯──製造偽鈔、走私和偷渡的日子》。

報社記者帶著溼版照相機來為小馬拍照。他問我牠叫什麼名字，我將所有被我捨棄的名字想了一遍，還是簡單的回答：「小馬」。不過從記者的表情看來，他對我的回答並不滿意。我猜這就是為什麼，他在報紙頭條的標題上使用了更戲劇性的「惡魔小馬」。

他拍完相片後，我們聊了好一會兒他的相機。我對小齒輪和蛋白混合液的了解程度令他吃驚。當我告訴他老爸使用了鐵鹽溶液、硝酸銀和酒石酸製造他的顯影液時，他評論道：「這是自約翰・赫歇爾爵士發明攝影以來最棒的創新改革了！」想到老爸是多麼領先他的時代，我感到非常自豪。

我也是看了報紙才知道羅斯科・奧勒倫蕭過去十多年犯罪行動中的許多細節。他的偽造集團的活動範圍從空洞森林的洞穴一直延伸到黑沼澤，再往東延伸到巴爾的摩。警方總共沒收了五十萬美元的假鈔，假鈔和美國鈔票公司的設計完全一致，專家曾認為不可能偽造的複雜陰影則被仿冒得真假難辨。如果它們有機會在市面流通，將會特別有價值。《一八六一年俄亥俄州偽鈔公報》說：「在我們檢查過的數百批假鈔中，我們可以毫不猶豫的向大家報告，這是我們見過最好、最像的一批，可說是天才大師級的作品。」

天才大師。

我很欣慰報導上沒有提到馬丁．伯德，也沒提到麥克．博特，事實上，從那之後，沒有任何人再對我提起那個名字。

查爾方特警長倒是多次提起另一個名字——華默法警。對他來說，老法警是個未解的謎。因為我曾經如此活靈活現的描述過他，警長花了不少時間追查他的下落，然而他卻消失得無影無蹤。最後，查爾方特警長依舊找不到任何線索，便得出結論：老法警一定因為傷重死在森林裡。我當然沒有告訴警長我在洞穴外看到了什麼。沒有理由告訴他。他和副警長自然也都沒有看到我所看到的，躲在毯子下等著要從洞穴逃出來的魯夫・瓊斯也沒有。而不管奧勒倫蕭看到或沒看到，他從來沒對任何人提過這件事。後來魯夫・瓊斯和派克博士都在審判中指證他，奧勒倫蕭被判處無期徒刑。他確信自己可以賄賂的法官似乎並沒有為他護航。根據報導，他在被定罪幾個月後，開始在牢房裡產生幻聽，後來被轉移到精神病院。那是我最後一次聽到關於他的消息。

在審判期間，我看到一篇報導以極小的字體，詳細列出多年來所有被羅斯科・奧勒倫蕭加害的姓名。美國法警伊諾克・華默出現在名單非常靠近底部的位置。一八五四年四月，他在空洞森林附近的樹林追捕奧勒倫蕭的黨羽時被殺，死於我遇見他的六年之前。

不管命運為什麼引導我與華默法警相遇，對此我永遠心存感激。如果不是他，我不會找到老爸。既然羅斯科・奧勒倫蕭已被繩之以法，我希望老華默法警可以從此真正安息。我希望他不會再因背痛而苦惱，也希望他的水壺裡永遠裝滿能讓他開心的東西。

5

大約在事件發生後一週的早上，我正在吃早餐，珍妮．查爾方特透過白色小木屋的紅框窗戶往外望，說：「喔，天啊！那是什麼？」

在她身邊，我還是很害羞，所以我只是掛上禮貌的微笑，再度低頭看著我的布丁。說實話，我不習慣身邊有女士的陪伴。說得更清楚一點，我不習慣任何人的陪伴，也不習慣充滿剛出爐麵包香味和偶爾飄著香水味的房子。而且我不習慣人們交談時流露的輕鬆愜意。正如我以前說過的，老爸不是一個健談的人，最常和我講話的一直是米頓維爾。

查爾方特警長的漂亮房子建在羅沙雪倫鎮外圍的山丘上，和另外兩家一起占據小巷的盡頭。我們將小馬養在房子後面的馬廄，前方花園裡種了一棵被松香草和黃百合圍繞的小橡樹，廚房的窗戶正對著花園。

「怎麼了，親愛的？」查爾方特警長問，將目光從盤子移向珍妮。

他們才剛結婚不久，交談時可以感覺到彼此的柔情和歡愉，讓我不禁希望自己將來也能找到一個這樣的伴侶。

「是一隻狗。」她微笑回答。她的眼睛漆黑而深邃，似乎總是帶著笑意。「至少，我認為是狗。牠就這樣乖乖的坐在花園裡，看起來似乎經過一段很艱難的日子，可憐的小東西。」

她的話當然激起了我的好奇心，於是走到窗前。

窗戶外，坐在花園草地上，看著房子的，是阿爾戈斯。

「怎麼可能！」我大喊。自從住進查爾方特家後，他們大概第一次看到我這麼活潑有生氣。我用雙手捧著臉，確確實實的大笑了起來。「是阿爾戈斯！是我的狗，阿爾戈斯！」

「什麼？」

我跳出前門，阿爾戈斯搖搖晃晃的向我跑來，搖著細長的尾巴，歡快的吠叫著。

我跪在地上抱住牠，任由牠舔舐我臉上的淚水。我從來沒有像現在這麼開心過。

牠是怎麼到這裡的？查爾方特夫妻推測牠在咬了藍手指的腿之後，便跟著那男人穿過樹林到了洞穴附近，然後牠在那裡聞到我的氣味，追蹤到了羅沙雪倫。畢竟，牠本來就是一隻獵犬，聽起來相當合理。

至於我，當然知道是米頓維爾帶牠來的。他就站在阿爾戈斯身後，得意洋洋的抱著雙臂，臉上洋溢著滿足的笑容。他已經好幾天沒有出現，我以為是因為他也很害羞，不習慣和其他人相處，但我現在知道他去做什麼了。

第十一部

喔，我的兒子，爲自己尋找一個與你相稱且配得上你的王國。

——普魯塔克（Plutarch）

1

我之前說過，將我們聯繫在一起的連結非常不可思議。無形的線在我們之間穿梭環繞，在我們可能永遠察覺不到的時刻和地點拉扯著我們，或者必須等到時間過了，我們才會恍然大悟，明白它的道理。這就是我歸納出的心得。

以下是我們發現珍妮·查爾方特在小時候就認識我媽媽的過程：一天傍晚，我們坐在客廳裡，珍妮一如往常的在晚餐前為我們大聲朗讀故事。這是一個好習慣。戴西蒙德吸著菸斗，一邊聽，一邊從嘴角吐出一縷輕煙。我讓阿爾戈斯的頭靠在我的大腿上，全神貫注的聽著，深陷在故事的世界裡。

簡言之，我們坐在客廳，珍妮剛唸完愛倫坡選集裡的一個故事。

「『那是他可怕的心臟在跳動。』」她大聲唸，然後戲劇化的合上書。「結束！」

戴西蒙德和我在倒吸一口氣後，不約而同的鼓掌。

「太精采了！」戴西蒙德說。

「我可能再也睡不著了，」珍妮邊搧扇子邊打趣，以喜劇口吻加上：「我應該再讀一個故事嗎？」

「請不要再唸驚悚謎團了！」戴西蒙德誇張的抓著自己的胸口說：「我的心臟承受不了。」

「羅沙雪倫勇敢的警長居然這麼說！」珍妮立刻回他，將小說放回書架。

正如我前面說過的，這種模式對我來說仍然很新奇。我發現自己經常微笑，點頭同意，但儘管他們是好人，我還是不知道該如何在他們面前做自己。

「不如你不要唸故事，為我們彈奏一曲，如何？」戴西蒙德一邊吸了一大口菸斗一邊建議。「珍妮會彈大鍵琴，賽拉斯。她是個多才多藝的女人。」

「嗯，我不確定你說的『多才多藝』是不是在取笑我。」她以自嘲的方式表示不認同。「這樣說吧！有五首曲子，我彈得還可以，另外十首則彈得非常爛。」

我放聲大笑。

「事實上，我敢說愛倫坡先生可以拿我的演奏為主題，寫個相當驚悚的恐怖故事！」她一邊繼續說，一邊移動到大鍵琴前坐下。

「就叫《告密者之耳》吧！內容是一個年輕女子承認她謀殺了一首曲子的故事。」她開始翻動樂譜，然後興高采烈的看著我。

「賽拉斯，我注意到你帶了一把小提琴。」她說：「不如你拿出來，我們一起合奏？我敢打賭，你應該拉得很不錯。」

我感覺自己滿臉通紅。

「喔，我不會拉。」我很快的回答。「小提琴是我媽媽的。」

「喔……」她帶著悲傷的微笑回應我。

在此之前，我沒對查爾方特夫妻透露太多關於自己的事。每次他們問起時，我都回答得含糊其辭，尤其是關於老爸的問題。在我告訴他們，我媽媽在我出生那天就去世了之後，其實也沒剩多少他們可以打聽的空間。

「好吧！如果你想學怎麼拉小提琴的話，我相信珍妮可以教你。」戴西蒙德說。

「我？」珍妮大叫。

「你以前不是拉過小提琴嗎？」

「那是小時候的事了！」她大笑，再次翻起樂譜。「而且我絕對是我的老師所教過最糟糕的學生！我相信她沒辭職的唯一原因是她別無選擇，因為我是她鄰居。可能就是這樣，所以我們搬離費城時，她才那麼激動吧！」

「我媽媽以前也住在費城。」我加入他們的閒聊。

「真的嗎？她叫什麼名字？」

「艾莎。」

珍妮不再看著樂譜，她停下手上的動作，轉過來看著我。

「不是艾莎．莫羅吧？」她說。

「我不知道她原來姓什麼。」

「那麼你知道她以前住在費城哪個區嗎？」

「不知道。」

珍妮點點頭，顯然覺得兩者之間可能有關連。「嗯，我的老師艾莎．莫羅比我大十歲左右。」她說：「我記得她是個很可愛的女孩，非常漂亮，總是帶著很真摯的笑容。我每週去她家上兩次課。在我九歲搬去哥倫布之前，我們家就在她家隔壁。我真的不知道艾莎．莫羅後來怎麼了。我記得聽說她離開了費城，但她父母還住在原來的地方。」

「我媽媽嫁給老爸後就沒再和她的家人聯絡。」我說：「她的父母不喜歡他，認為對她來說他的出身太低賤。」

「如果是真的，那將是令人難以置信的巧合，不是嗎？」珍妮指出，「艾莎並不是一個常見的名字。」

「但也不算非常罕見。」戴西蒙德表達他的理性分析。

「但是住在費城，又會拉小提琴的艾莎？」她很堅持。

「上流社會的年輕女士哪一個沒有學過小提琴？」戴西蒙德惡作劇似的反駁，「小提琴、大鍵琴、社交禮儀，也許再加上法語？」

「你真是太壞了，查爾方特先生。」她調侃，又回去翻看樂譜。

「她父親還放過獵鹿犬咬我老爸。」我突然想到這件事，順口說出來。

珍妮聽到這句話，整個人愣住了。

「喔，我的天哪！」她用手摀住嘴巴輕聲說。

「別告訴我艾莎・莫羅家也養獵鹿犬！」戴西蒙德問，自己都有些目瞪口呆。

珍妮的眼睛睜得大大的。

「他們確實也養獵鹿犬。」她慢慢的回答，彷彿被催眠似的看著我。「喔，戴西蒙德，怎麼可能……」

他拿出筆記本，開始寫下資料。

「我明天會打電報給我認識的費城律師，」他說：「他應該能夠查閱該郡法院的紀錄。親愛的，別擔心，我們會查明真相的。」

「剛才是誰說不想再和謎團打交道的？」她回答，以不敢相信的眼光看著我。

四天後，戴西蒙德中午從辦公室回家，帶著燦爛的笑容從他的輕便馬車上跳下來。他很激動的揮舞著手上的電報。在我們等珍妮跑下樓梯的那段時間，他幾乎等不及的想要立刻唸給我聽。

在她下來後，他上氣不接下氣的說：「我的律師朋友剛發給我的。」然後大聲讀出電報內容：

「親愛的戴西蒙德，句號。我找到了艾莎．珍．莫羅和馬丁．伯德的結婚證書，句號。一八四七年五月十一日在郡立書記官辦公室由法官簽署，句號。」

珍妮舉起雙手摀住嘴。

「奇蹟永遠都在！」她一邊說，眼淚一邊從她的眼睛裡不斷的流出來。

我同樣無法馬上接受這個事實，直到她用雙手捧住我震驚的臉。

「賽拉斯，你真的是艾莎的孩子！」她高興的說：「可愛的小男孩！你是艾莎．莫羅的兒子！而你居然在這裡，和我們一起，在世界上所有你可能會去的地方之中，命運將你送來了這裡！你看不出來嗎？我相信是艾莎引導你來到我們家！好讓我照顧你！你會讓我照顧你，對不對？你會留下來和我們一起生活，是吧？請告訴我你會留下來？」

我困惑得無法完全理解她說的話，然而她顯而易見的快樂將我的內心填得滿滿的，我已經很久沒有這樣的感覺了。自從那一夜，那些人出現在我們家，顛覆我原本的世界之後，就再也沒有過了。不知道為什麼，我有一種回到家的感覺。也許不是回到我離開的地方，而是去到我應該歸屬之處。

我有點害羞的對珍妮微笑，我的內心其實非常激動，然後她緊緊擁抱了我。有那麼一會兒，當我閉上眼睛時，我感覺就像是媽媽從天堂伸出手臂來擁抱我一樣。

因為我回到家了。

2

我還有最後一個從未告訴過任何活人的祕密，但我決定現在和大家分享。

我與戴西蒙德和珍妮．查爾方特夫妻一起度過接下來的六年，他們給了我所有你能想像到的幸福家庭的溫暖。在他們的照顧下，我什麼都不缺。我的飲食比從前不知道豐富了多少。我從不認為自己是窮人，可是現在我才意識到我和老爸其實一直過著很清貧的生活。我們不認為自己貧困，是因為每天都吃得飽；但按照世俗的標準，我們確實很窮。除非你把書也算進去，那麼我們就很富有了。我們請老哈夫洛克收拾波恩維爾的家時，貨車上裝的幾乎全是書，還有老爸的相機和望遠鏡，騾子和牛就直接給他，我倒是不知道小雞們最後怎麼了。

查爾方特夫妻送我去羅沙雪倫的學校念書，那裡沒有人知道我的特異體質，也沒有人認為我「腦子壞了」，我在那裡學到很多知識，過得很開心。我有一位很棒的老師，他不會因為我不知道的事而貶低我，但會因為我知道的事而讚賞我。在經過巴恩斯寡婦事件後，我以為我不會再想要上學，但現在的我卻對去學校充滿了熱情和期待。而且此時，我已經擁有這樣的智慧——不向其他人透露他們不能理解的事物。米頓維爾的存在只有我一個人知道。當然他也同意這樣比較好，我們一起守護屬於兩個人的祕密世界。

在戴西蒙德和珍妮生了兩個女兒後，我成了她們的大哥，我完完全全就是他們家的一分子。大女兒叫瑪麗安，小的叫艾莎，我們暱稱她小艾西。艾西很小的時候，有一段時間似乎看得到米頓維爾。她躺在搖籃時，他會陪她玩，只要他一做鬼臉，她就會樂呵呵的眉開眼笑。我很喜歡看他倆相處，這時的米頓維爾感覺就像以前陪著幼時的我那樣。但在艾西學會走路和說話後，他開始從她的視覺中消失，之後，甚至從她的記憶中消失。

老實說，隨著我年紀漸長，我的世界被周圍的新朋友、老師和熟人所占據的時間越多，我發現自己陪伴米頓維爾的時間越少。至少，我們之間相處的方式和以前不一樣。從我最早的記憶開始，他總是無時無刻陪在我身邊，一起玩捉迷藏、在穀倉後的田裡賽跑、打彈珠、跳跳繩，甚至是在屋子前面定點旋轉直到我們頭暈目眩雙雙倒地。

現在，他很少來探望我。偶爾，我在學校度過漫長的一天回來後，會發現他在我的房間裡看書，我們會互相打鬧，然後靜靜的相視而笑。有時候，我會在街上看到他走向我，他會和我對視，對我露出他慣有的笑容。但大多時候，我會很多天都沒見到他，甚至沒想起他。有一天，我發現自己已經和他一樣高時，感覺很奇怪。更奇怪的是，當我意識到自己變得比他更老的那一刻，因為他永遠只有十六歲，而我卻即將是個成年男子。

我去北方念大學時，米頓維爾決定陪我一起去。我們把小馬也帶上了。我沒有長得像老爸那麼高，身高只算中等，但體格相當結實。有時候，我會想，是不是我的身體害怕不能再騎小馬，所以不願意長得太過高大。瑪麗安和艾莎懇求我將小馬留在家裡，因為她們最喜歡騎在牠身上，和牠一起在後山上的美麗田野裡散步。但是我無法將小馬單獨留下。

取而代之的是，我把我的黑色戰馬留給她們，就是老爸多年前騎過的那匹。羅斯科·奧勒倫蕭被捕後，這匹馬理論上應該是美國鈔票公司的財產，但他們把牠當成幫助逮捕偽造集團的獎品送給了我。我將牠命名為鐵拉馬庫斯，事實證明，牠確實是一個溫柔的巨人，總是哄得女孩們心花怒放。

3

啟程踏上人生下一個重大冒險比我想像的困難許多，和上次離家時不同，這一次我有足夠的時間去規劃自己的旅行。我長大了，應該也比以前聰明，有適當的衣物，受過良好的教育，而且終於對這個世界產生真正的歸屬感。即使如此，到了我該離開家上大學時，我還是出乎意料的脆弱。我覺得自己像個孩子，雖然那不是一件壞事，因為儘管我小時候很窮、很孤獨，但我的童年還是有它獨特的魅力。但是那種即將面對未知挑戰的感覺，讓我彷彿回到最初決定進入老密林時的十二歲。

我們在火車站道別。我把小馬在馬匹託運車廂安頓好，走回月臺，已經和我成為家人的查爾方特一家在那裡等著送我離開。女孩們哭著抱住我，求我不要走。我答應她們過耶誕節時一定回來。

查爾方特警長擁抱我，如今他留了一臉落腮鬍遮住孩子氣的酒窩。他拍拍我的背，告訴我記得常常寫信回家，有任何需要就講，他會想念我，以及我們之間許多精采的對談。

珍妮溫柔的親吻我兩側的臉頰，祝福我。她在我耳邊輕聲說：「你媽媽一定會為你感到驕傲的，賽拉斯。為你變成今天這樣的男子漢而感到驕傲。我知道，因為我就是。」

「謝謝你，珍妮。謝謝你一直以來無微不至的照顧。」

她在我看見她的眼淚之前轉身離開，她不想弄哭我。

在所有人之中，最後讓我忍不住落淚的居然是比烏蒂曼副警長。這些年來，我們已經成為非常要好的朋友。他仍然叫我小矮子，偶爾還是會對我扮鬼臉，但我知道，就像查爾方特警長多年前告訴過我的，他的人品比他的行為更好，他的腦袋比他的外表聰明。為了遮住裂開的左耳，他不但留了長髮，還隨時戴著一頂騎兵帽。

現在這頂帽子被他握在手上，額頭上幾年前在戰場留下的大傷疤露了出來。他和戴西蒙德在南北戰爭開始時加入了俄亥俄第四十三步兵團，並且在一八六二年的科林斯戰役裡受了傷。戴西蒙德腿上的傷很快就癒合了，但傑克頭上的傷卻沒有。他在醫院住了將近一年，在那之後醫師認為他患上在退役軍人中常見的重度憂鬱症。不過，我知道真正的原因遠不僅如此。

在傑克住院後不久的一天晚上，我去醫院探望他，遇到了他的摯愛彼得。彼得守夜似的坐在傑克的床邊，非常溫柔的握著他的手。彼得告訴我他是一名騎兵軍官，儘管他不記得自己死亡時的細節，也不記得來自哪裡，甚至不記得何時認識傑克，但他非常肯定傑克是他一生的摯愛，而且他想讓傑克知道這一點。在傑克的身體狀況好一點後，我又等了兩個月才找到機會將這一切告訴他，因為我不確定他會有什麼反應。結果聽完我說的話他一點驚訝的樣子都沒有，反而讓我驚訝極了。

「我一直知道你有一點怪怪的，小矮子。」這是他唯一的反應，但我知道這些話讓他很開心。但在那之後，我們就沒再談論過這件事。

現在，他站在月臺上，把從頭上摘下來的帽子遞給我。

「我想把這個送給你。」他粗聲粗氣的說。

「不，傑克，你自己留著吧，我已經有帽子了。」我回答，指著我剛為這次旅行買的精緻歐式硬頂圓帽。

「這是彼得的，」他在我耳邊低聲說：「他死後，他姊姊把它寄給我，我想要你擁有它，留著當紀念品也好。」

我接過帽子，在手中轉了一圈。「謝謝你，傑克。」

他給了我一個大大的熊抱，然後以幾乎是粗暴的方式推開我。我感到喉嚨發緊，試圖在滿臉淚水的狀態下擠出微笑，但此時他已經把小艾西抱上自己肩頭，將她固定在脖子上，轉身就走。他沒有回頭，沒有再看我一眼。

我上了火車，列車慢慢駛離，我將身體伸出車窗向他們揮手道別。我打算先去費城，再從那裡搭火車去波士頓，然後再換馬車去波特蘭。

這個國家剛從內戰的血腥屠殺中走出來，到處傷痕累累，當火車蜿蜒穿過賓州鄉村時，我看到被炮火蹂躪的田野，以及歪歪扭扭立在山丘上被無數子彈打穿的房子。有個城鎮被澈底燒毀，只剩下散落的焦黑建築外殼，還有聳立在荒蕪土地中宛如一根根黑色尖刺的高禿樹木。

我的年紀太小，無法上戰場，但不管我去到哪裡，我都會在月臺和街上看到許多和我一樣年輕的男人。他們看起來很失落、很疲倦，總是在喃喃自語。現在的我已經學會辨認，我知道他們全是返家士兵的魂魄。

如今，我早已接受這是我注定的命運——看見這些被夾在這個世界和下一個世界之間，或者還沒有完全準備好繼續前進的靈魂。雖然他們身上常帶著死時的傷口，看起來形象頗為可怕，但我已經習慣見到他們。這些靈魂呼吸同樣的空氣，要的只是活人的認可，也許是想要被記住他們曾經來過，不被遺忘。我能用這種方式向他們表達敬意，偶爾與他們交談，或傳遞安慰的訊息給他們留下的親人，看到可怕的外形根本不算什麼。當我獨自坐在火車車廂時，有些鬼魂會過來和我坐在一起，告訴我他們受過的傷，或者他們的遺憾、悲傷，以及他們的快樂。有些留了話，拜託我轉告他們的父母、朋友或愛人。即使有時他們連自己是誰都不記得，卻還記得愛人的姓名。這使我了解到，愛才是我們永遠的堅持。它超越了生死，它帶領我們前進，它跟隨在我們之後。愛是一場沒有終點的旅程。有位眉心被刺刀插入的年輕人，一邊不停擦著如淚水般不斷流下臉頰的鮮血，一邊向我唱著搖籃曲，請求我若有機會見到他的小女兒便唱給她聽。這，就是愛。

4

抵達費城後，我借住在戴西蒙德那位律師朋友的家，就是那位曾經幫忙找到我父母結婚證書的友人。他住的地方和我媽媽童年的家只隔三個街區，我休息了兩天才開始行動。

我騎著小馬到雲杉街上的一棟房子，一個馬夫在大門口招呼我，並把小馬帶去馬廄。我爬上樓梯來到一扇巨大的鑲板門前，兩旁是又高又粗的大理石柱，我告訴管家我是來拜訪女主人後，他帶我走進門廳。

「請告訴她我是賽拉斯．伯德。」我一邊輕聲說，一邊脫下帽子。

他請我在客廳等待，客廳很大，裡面掛滿了華麗金框全身肖像油畫。我坐在紅色天鵝絨沙發上，面對著一張繡著黃蘭花的深綠色躺椅。這趟旅程我把媽媽的巴伐利亞小提琴一起帶來了。

護士扶著老太太走進房間，她已經沒辦法自己走路，眼睛灰濛濛的，但以她的年齡來看，健康狀況似乎還算不錯，我判斷她大約八十歲上下。我從沙發上站起來，禮貌的鞠了個躬。

她專注的看著我，然後用拐杖指著我。

「你是來要錢的嗎？」她問，聲音沙啞。

「不，女士。」我回答。對我來說，她就是個陌生人，所以我既不覺得難過，也沒感到驚訝。我對她沒有任何期望。「我只是認為你會想知道我的存在。我是你女兒的兒子，賽拉斯．伯德。」

她點點頭，然後她和我對看了好一會兒。「她在哪裡？我的艾莎在哪兒？」

「她在我出生的當天就去世了。」

老太太隨即低下頭，似乎瞬間縮小了一個尺寸。護士伸手穩住她，沒讓她跌倒。

「我其實心裡有數。」她說，眼睛裡噙滿了淚水。「只是我還在奢望也許……有一天我還能再見到她。」

你會再見到她的，我在心裡想，但沒說出口。

「你過得還好嗎？」她問，振作起來。「你看起來挺好，似乎被照顧得不錯。」

我點點頭。「是的，我要去緬因州上大學了。我老爸把我養大，他在我十二歲時去世。從那之後，我一直和一戶人家住在羅沙雪倫，那戶人家的妻子小時候是媽媽的朋友。」

「喔？誰？」

「珍妮．查爾方特。她未出嫁時的閨名是珍妮．康沃爾。」

「喔，沒錯，康沃爾一家人很久以前住過這裡。我還記得他們。」

「他們對我很好。」

「好，好。所以你想要什麼？」

「沒有。」

「那是艾莎的小提琴嗎？」她聲音顫抖的問。

「是的。」

「你帶來是要給我的？」

「不是。這是她唯一留給我的遺物了。」

「那麼你帶它來做什麼？」

「它是我唯一擁有的關於她的東西。」我回答。

她的嘴角抽動了一下，也許我的話裡有什麼軟化了她的心，因為她小聲的說：

「讓我給你一張艾莎的銀版相片。莫莉，可以請你去幫我拿嗎？放在樓上梳妝臺那張？」

負責照顧她的紅髮年輕護士扶著她在綠色躺椅坐下，然後離開客廳。我又在紅色天鵝絨沙發坐下。

我們默默的等著。我曾經以為如果有機會見到她，我會問她無數個問題，但是實際上，我什麼都沒問。

「你知道，這是一把米頓瓦爾德小提琴。」她終於開口，看著擱在我大腿上的小提琴盒。

我禮貌的點點頭，然後迅速抬頭看了她一眼。「對不起，我沒聽清楚。你說什麼？」

「你會拉小提琴嗎？」她問，顯然沒聽到我的問題。

「不，我不會。你剛才說的是米頓瓦爾德嗎？」

「是的。我們在巴伐利亞時為艾莎買了它。他們是世界上最棒的小提琴製造專家。

她擁有極高的音樂天賦。」

我微笑，往後靠在沙發上。

「她也很會唱歌。」她補充。「有一首她很喜歡的歌，她總是一直唱著。我真希望我能記住它的歌名……」

我立刻知道她在講的是哪一首，我幾乎可以聽見米頓維爾的歌聲在我耳邊響起。突然間，所有的一切都變得非常清楚。可是我什麼也沒說，只是讓她的話像搖籃曲一樣在空中飄散。

莫莉回到客廳。她拿著銀版相片給老太太確認，老太太緊抿著嘴唇，揮手示意她拿開。莫莉將它遞給我。這是除了在夢中，我第一次看到媽媽的模樣。她的臉從閃亮、左右相反的銀版鏡像中看著我。明亮的眼睛，大膽而好奇。相片中的她和我現在差不多年紀，她是如此美麗，如此充滿活力，我不禁感動落淚。

「謝謝你。」我的聲音哽咽，幾不可聞，然後我清了清嗓子說：「我父親沒有她的相片。有時候，我會想也許就是因為這樣，他才去當攝影師。為了彌補他想拍卻從未老婦人咳了一聲。我想她這麼做是因為她不想讓我談到老爸，所以我迅速站了起來。

「嗯，我差不多該走了。」我說。

她沒料到我會這樣反應。

「喔，嗯，你還有沒有想要什麼其他的東西？」她加快語速說：「你看，現在這個家只剩我一個人了，我的兒子很久以前就死了，然後艾莎離開了我們，我丈夫也死了很多年，你長得很像他。」

「不，我不這麼認為，我長得很像我爸爸。」我很快的回答，用手指關節擦了擦眼睛。我重新戴上我的硬頂圓帽並禮貌的點頭致意。「你問我還有什麼想要的，我的答案是沒有，但是如果你能允許我在你家的莊園走一走，我會非常感激。珍妮告訴我後面有個池塘，我媽媽以前常在裡頭游泳，我很想親眼看看，還有我媽媽童年時玩耍的花園。」

拍過的肖像照。」

我的外祖母——我想我應該要這麼稱呼她——示意莫莉幫助她站起來。護士照做了。

「當然沒問題。」她一邊揮動她小小的手背，一邊虛弱的說：「你想看哪兒就自己去吧！」

我以為她的意思是叫我可以走了，所以我開始往外移動，但是當我經過老婦人時，她伸出手，碰觸我的手肘。我停下腳步，她依舊低著頭，抓住我的手臂。然後，她什麼都沒說的將我拉低，用她乾枯的雙手像在爬梯子似的抓著我的手臂往上爬。她的力氣比我想像中的更大些，她用雙手摟住我的脖子，將臉頰貼在我的臉上。我聽到她沉重的呼吸聲，彷彿想將我吸進她的身體。我用雙臂摟住她脆弱的軀殼，小心翼翼的像抱著一扇精緻的貝殼。

5

我騎著小馬在莊園裡繞了好幾個小時。這地方很美，主屋是一幢有白色百葉窗的喬治亞式紅磚豪宅，後院有個很大的溫室和櫻桃園。魚塘座落在果園盡頭的下坡處，幾株垂柳點綴在水池周圍。

此時的我離主屋很遠。已是傍晚時分，天空開始轉成紫色，陽光彷彿將草地點上了火。我不禁想起當初我進入老密林時的第一個夜晚。那時的風景看起來也像著了火，夕陽在我身後逐漸西下，我之前所知道的世界陷入了火海。當時的我離開了原有的生活，再也無法回頭；如今的我站在這裡，在某種程度上，卻是在繼續同一段旅程，像一個認為自己迷了路的朝聖者，再次找到了方向。我沒有失去原有的世界。我並未失去任何東西。

我下了馬，坐在池塘邊，環顧四周。沒有看到別的靈魂，只有米頓維爾坐在一塊大石頭上看著我。我們已經好幾天沒有交談，他和以前一樣永遠是我的同伴，我愛他，但我們不需要靠語言來溝通。

我打開小提琴盒。這麼多年來，這是我第一次打開它。小提琴和我記憶中的一樣漂亮，深色的楓木在夕陽的照耀下散發溫潤的光澤，象牙弦軸閃閃發光。我想像媽媽的雙手在拉琴，很遺憾自己無法在腦海中聽見她的聲音唱出旋律，因為那根本不曾存在於我的記憶裡。

我把小提琴從琴盒裡取出來，透過精緻的鏤空雕花往裡頭看，內側背板的標籤上寫著製琴師的名字：塞巴斯蒂安．克洛茲，一七四三年，米頓瓦爾德。我以前從來沒有注意過，從來沒想過要去找，但從初始到最終，它就在那裡。我深呼吸，吐出一口長長的氣，然後我把小提琴放在柔軟的草地上。

在小提琴盒的背面，酒紅色天鵝絨襯裡的下方，有一個隱祕的置物袋。我猜它的設計是為了收納備用琴弦，但是裡面放的東西卻和琴弦無關。我取出一張對摺的紙並打開，是一張精心繪製的地圖，在它的背面，老爸以優雅的草寫字體寫著：

我最親愛的艾莎：

在我告訴你一切之後，彷彿卸下了一直壓在我靈魂上的沉重負擔。你依然愛我，讓我看見人類心靈的神聖純潔，也是我所需要的唯一證明。我能給你的不過是全新開始、腳踏實地勞動的世界，但我會時時刻刻的努力，絕不辜負你的愛。如果有一天，你和我走上不同的道路，親愛的，別擔心。我若不能在這個世界與你相守，我也一定會在下一個世界找到你。因為你讓我明白，不管相隔多遠，只要有愛，就能穿越歲月，找到彼此。

永遠屬於你的，

馬丁

我翻到正面，仔細檢查地圖，上面細心描繪了各種細節，這種精密的程度，只有老爸才做得到。他憑著驚人的記憶力，記住池塘的形狀、每棵柳樹的種植位置，以及櫻桃園的盡頭在哪裡，緩坡又是從何處開始。所有的一切，都用黑色墨水精確的畫在這裡了。不管以哪方面來看，老爸都是絕佳的藝術家。他曾經是刀工一流的雕刻師，也是一位設計師。他就是一個不折不扣的天才。

錯綜複雜的地圖上有一條紅墨水畫出的虛線，我跟著它走，來到池塘末端的兩棵柳樹之間，地圖在這兩棵樹的正中間畫了個被圓圈框住的大「X」。我算了一下兩棵樹之間要走的步數，然後除以二，走到那處停下，用腳上的靴子在地面做標記，接著拿出帶在身上的小十字鎬，但其實不必要，我一開始挖就發現地面很軟，沒挖多久就敲到東西——一個黃銅框的木箱子。我將它拉出來放在地上，它的重量對我來說並不輕鬆，但咬著牙也還能抬得動，我猜老爸當初也跟我一樣。我有打開它的鑰匙，老爸在他瀕死時親手將它按在我的手裡。這麼多年來，他一定一直將它藏在靴子鞋跟的暗盒裡。我雖然不知道這是拿來開什麼的鑰匙，但還是小心的把它藏好，沒告訴過任何人——直到現在。

我拿出鑰匙插進木箱上的鎖孔，向右一轉，喀啦一聲，蓋子開了，裡頭的金幣閃閃發光。我坐下，雙手往後撐住身體，閉上眼睛許久。在我內心，有一部分的我其

道如今我知道落。如今我知道它的下落。如今我知道

實不想找到這箱子，但如果它注定要被找到，我絕對會想知道它的下落。如今我知道了。我的父母曾經打算回來找它嗎？還是根本沒那意思？這個問題，我永遠不會有答案了。

我睜開眼睛，咂咂舌叫小馬過來，牠立刻奔向我。我把金幣平均裝入掛在馬鞍的四個皮袋裡，這是我特地為了這些金幣準備的，裝完後的重量對小馬來說並不算太沉。然後我將木箱埋回去，蓋上一層土，讓其他人再也找不到它。

「你打算用它來做什麼？」當我牽著小馬離開池塘時，米頓維爾走上來和我並肩而行。

「我還不知道。」我說：「但我會拿來做好事，我可以向你保證。」

「喔，我知道，賽拉斯。我知道的。」

我拿出特地留下的一枚金幣，在手上把玩了一會兒才放進口袋。

「對我來說，他是一個好爸爸。」我說。

「是的，他的確是。」他深表同意。

「不管他從前做過什麼，他都是一個好爸爸。」

「『當你在伊薩卡看到他時，不要指望他會是個完人。』」

「是的，沒錯。說的太對了。」我回答，清了清嗓子。「你很了解我的想法。」

他拍了拍我的手臂。雖然他對著我微笑，但我看得出來他的腦子裡已經在想別的事情。

突然飛出的兩隻蜻蜓在我們周圍忽上忽下的懸飛，然後消失在池塘上方。水面在夕陽的映照下泛著紅光，彷彿光線在上頭做了彩繪。

「你記得這個池塘，對不對？」我輕聲問他。

他點點頭，卻沒有看我。

「我剛才想起來了。」他說完深吸了一大口氣，閉上眼睛。「我記得她從水裡把我拉出來，嗯，就在那邊。」他含糊的指了指我們走來的方向。「我相信我是她弟弟的客人，我猜大概是他的同學之類的吧？」他搖搖頭，看著我。「太過細節的事，我記不得了，畢竟那發生在很久很久以前。」

他咬著下唇，這是他每次專心想事情時會有的習慣。

「不過，我確實還記得她曾經極盡全力的想救我，」他低聲繼續說：「我現在記得很清楚，到最後她發現自己救不了我時，她是怎麼趴在我身上哭泣。我們在那天早上才第一次見面，可是她卻哭得非常傷心。喔，賽拉斯，我覺得很感動。」他將手放在胸口。「我的父母在當天稍晚來接我，她對他們非常溫柔，人非常好。她握著我母親的手，一起看著他們包裹我的……」他的聲音越來越小，沒把話說完。

他抬頭又看了看池塘，然後環顧四周。

「她在我的葬禮上拉小提琴，」他補充。「如此美麗。那首歌始終縈繞在我身邊。」

「所以你一直和它待在一起。」我緩慢的回應。

他吃驚得張開了嘴。

「我猜我確實是。」他一邊點頭一邊低聲說：「有人問她小提琴的出處，她回答『這是一把米頓瓦爾德』。」

他看著我。我有生以來第一次發現他原來那麼年輕，還只是個孩子。真的。

「一把米頓瓦爾德。」他喃喃自語。想通之後，他震驚的瞪大了眼睛，然後微微一笑，雙手摀住臉頰，好像有點不好意思的樣子。

「我們執著、不肯放手的東西真是奇怪啊！賽拉斯。」他聲音顫抖，繼續說：「那是我在你出生時對你說的第一句話。有很長一段時間，它是我唯一能記住的字。」

「你現在記起你的名字了嗎？」

他深深吸了一口氣。「大概是約翰？我想應該是約翰。」他的眼裡充滿了淚水。

「是的。約翰．希爾斯。」

我們停下腳步。

「約翰．希爾斯。」我喃喃自語。

「不。」他的聲音哽咽。「對你來說，就是米頓維爾。」

「一直以來，你是我最好的朋友，米頓維爾。」我輕聲說。

他低頭看著地面。

「但是如果現在你必須走了，沒關係的。」我繼續說：「你可以放心離開，我會沒事的。」

他抬頭看著我，微微一笑，好像在害羞的樣子。「我想我的確要走了，那麼保重了，賽拉斯。」

我也微笑，點點頭。然後他擁抱我。

「我愛你。」他說。

「我也愛你。」

「將來我們會再見的。」

「我相信。」

他深深吸了一口氣，舉步走向池塘，轉身，最後一次對我揮手。然後，他消失了。草地上一片寂靜。我站在原地，看著夜幕之下周圍的一切。有生以來，第一次，完完全全的只剩我一個人了。但是我很好。世界在旋轉，令人頭昏目眩，它在向我招手，而我將投入其中。

我爬上小馬，操控牠緩步走下山坡。

「出發吧！小馬。」我說。
於是，我們出發。

一八七二年四月二十七日《波恩維爾信使報》報導：

「一位二十四歲的鄉紳最近繼承他已故外祖母在費城的大莊園，並宣布將在這片廣闊的土地上成立一家孤兒學校。這位先生兩年前才在大學畢業典禮上拿到物理和天文領域的最高學術榮譽獎。他表示這個念頭起源自他命運多舛、身為第一代移民的父親，以及他自己在十二歲就成孤兒的遭遇。如果你是我們的老讀者，可能還記得多年前一個波恩維爾男孩被閃電擊中的故事，文中主角就是這個年輕人。他將這間學校命名為『約翰．希爾斯孤兒學校』，以紀念多年前在這莊園裡意外過世的少年。至於這位年輕紳士親手設計的校徽，正是一道閃電，鑲嵌在一張白臉小馬的頭像上。」

後記

我不知道未來會發生什麼，但我會陪在你身邊，
我會一直陪在你身邊，直到永遠。

——雲之崇拜《直到永遠》
（Cloud Cult, *Through the Ages*）

為了寫這本書，我花了很多年研究資料，但我希望你們完全看不出來。

我的家人會告訴你，除了待在家裡，我最喜歡去的地方就是古董店。前人的工藝品，連上面所有的刮痕，甚至斷掉的鉸鏈，都深深令我著迷。在我眼中，它們不是歷史的廢棄物，而是通往歷史的管道，因為我幾乎可以聽到它們訴說的故事。

這本書是由這些工藝品，以及我大兒子曾經做過的一個夢交織而成。他以一個十二歲孩子的角度生動的為我講述他的夢。一個關於半張臉覆蓋著乾涸血跡的男孩，經歷了曲折迂迴的旅程的夢，最後成了這本書的主要架構。

工藝品則可以說是自己找到了方法出現在這本書上。我從七年級得到第一部賓得K1000全機械手動相機之後，就一直對攝影很感興趣，而且從少女時代開始，我就收集了許多銀版相片、玻璃版相片、火棉膠溼版相片，以及大量的維多利亞時代人像相冊。我在英文版書中的開章頁使用了銀版相片和玻璃版相片，因為它們確實給了我靈感創造這故事裡的人物，不僅為他們提供了外形，有時甚至還提供了內在情感。銀版攝影因為沒有負片，無法複製，屬於一次性紀念品，通常只要離開原本的家族，就成了一個時代所留下的匿名遺物。無法知道相片裡的人是誰，或許就是它們最吸引人之處，讓我總是忍不住為他們編起故事。我用在英文版卷首的銀版相片，基本上已經訴說了整本小說的故事，相片中是一個年輕的父親和小男嬰，裡面沒有媽媽。英文諺語有「一畫勝千言」的說法，形容得很貼切，這一張相片可不是向我傾訴了十多萬字？

我對攝影的熱愛絕不僅限於相片，各式各樣攝影器材一樣讓我著迷，包括照相機本身的機械構造，以及它內部運作的光學原理。在為這本書做研究時，我在紐約市的半影基金會上了一期的火棉膠溼版攝影課。英文版中的作者相片，就是在老師的協助下拍攝的期末作業，唯一遺憾的是我翻遍筆記本還是找不到指導老師的大名。

攝影的發展史向來被視為有史以來最偉大的驚悚故事之一。它不是依照時間軸發展的線性歷史，而是像大多數科學一樣，是由在世界各地同時發生的突破性發現，相互交錯所組成的複雜歷史。約翰・韋爾奇在一八九〇年出版的《攝影的演變》、約翰・

托勒在一八六四年出版的《銀色陽光：關於陽光繪畫和攝影印刷的實務和理論教科書》，以及由伯納德．愛德華．瓊斯在一九一二年編輯出版的《卡索的攝影百科全書》等幾本書對我的幫助特別大。只需要查閱當時任何一年的科學發現，就能看到歷史上有多少天才致力於相同的研究挑戰，找到相似的解決方法，進而取得不同程度的成功。比如說一八五九年，你只要找當年的《科學發現年鑑》就行了，資料並不難找。這些成功是進步的衡量標準，失敗則往往被忽略，即使兩者本來就是相生相伴，缺一不可。

科學家的人生經常受到這些傑出成就的影響，有些人在有生之年名利雙收，有些人則沒有。例如，發明銀版攝影法的路易斯．達蓋爾和發明紙基負片法的威廉．亨利．福克斯．塔爾博特在當時都是家喻戶曉的名人，因為他們卓越的貢獻受到尊敬，並且得到豐厚的金錢回報。相反的，於一八五一年發明火棉膠溼版攝影的佛雷德里克．史考特．亞契，卻因將大部分微薄的資金都花在自己的研究上，死於貧困，即使他的發明成了之後所有現代攝影的基礎。本書中馬丁．伯德所發明的鐵版相片的設定，是亞契的研究成果，以及約翰．赫歇爾爵士於一八四二年發明的銀版相片的混合體。馬丁在顯影液裡使用的酒石酸，在現實生活中則要三十年後才會出現在凡戴克棕印相法的專利配方裡。我們沒有理由不相信，像馬丁這樣雖無適當發展機會，卻能依靠自己的聰明機智過活的天才，一定也能靠著自己找出這個配方。馬丁代表了世界上許多擁有成就卻被歷史遺忘的小人物。世間有太多和他一樣不為人知的天才，我自己的父親也是其中之一。

令人驚嘆的是，攝影科學的出現和發展竟然和十九世紀中後期美國唯靈論運動的興起和發展步調一致。嚴格來說，這場運動並非源自任何特定的宗教傳統，而是大量出現在書籍和報紙上的報導所產生的結果。因為當時的時空背景，這些報導花了好幾年才藉由口耳相傳變得廣為人知，不像現在的網路短影音靠著「病毒式傳播」只需幾秒鐘就能成名。唯靈論常借用科學詞彙和現象，來說明一般被歸類在「未知世界」的事物，這種方法助長了它的興起。它通常使用「神祕的媒介」這類仿攝影的術語，指稱可以透過某樣東西看見之前看不見的東西，只不過攝影關乎化學，唯靈論卻是靈學。在攝影中，這種神祕的媒介是陽光。法國發明家尼塞福爾・涅普斯早在一八二七年就曾利用陽光，將潛像永久「固定」在敷了一層薄瀝青的鉛錫合金版上。在唯靈論中，找不到那麼有效的固定方法來捕捉看不見的世界，即使它經常使用類似詞語來迷惑信眾，但其實都不過是偽科學。如果你想一睹那個奇特世界的迷人風采，我推薦凱瑟琳・克洛在一八四八年出版的暢銷書《自然之夜》、羅伯特・戴爾・歐文在一八六〇年出版的《走在靈界的邊緣上》，以及查爾斯・哈蒙德在一八五二年出版的《來自靈界的光》等書。我認為攝影和唯靈論的主調結合得相當完美，這也是為什麼它們能在這個故事裡表現得如此突出。說到底，這兩者代表的都是「對未知世界的信仰」（請容我借用雲之崇拜樂團在專輯《探求者》裡的歌詞），即使它們各自的未知世界並不相同。

除了懷舊的相機、老相片和單張印刷物之外，我還喜歡古董書。和工藝品相仿，這些書也算是自己找到途徑出現在這本小說中，包括：我的一七八六年版《鐵拉馬庫斯歷險記》、一八五九年出版的《科學發現年鑑》、前面提過的《自然之夜》、一八五四年版的《羅格特英語單詞及短語索引典》，以及一八六七年版《地球歷史與生動的自然》的全部四卷，以上全都在本書占了一席之地。有的讀者會懷疑賽拉斯・伯德年紀尚小，怎麼可能如此博學？答案卻是出乎意料的簡單，因為那個年代的人經常閱讀大量書籍。儘管當時也有低俗的流行小說，但在馬丁・伯德滿是書香的家裡，賽拉斯能接觸到的應該也只有古典文學了。賽拉斯喜歡使用難字的習慣和善於描述的語言能力是他深受古典文學華麗調性薰陶的證明，這同時也塑造了他的性格和心靈，相信如果他有朋友和老師的話，應該也差不多是這個樣子的。至於他那「被閃電留下印記」的設定，儘管看起來令人難以置信，但此事的靈感來自前述提過的一八五九年《科學發現年鑑》其中一篇短文〈閃電的攝影效果〉，裡頭詳細列舉閃電在人們的背上留下「樹木狀」烙印的案例。就像許多作家曾經說過的，這些匪夷所思而真實存在的東西，有時叫你編造，還真的編不出來。

最後，講到這本書從古物上得到的靈感，我不能不提起我對古老樂器的熱情。我以自己擁有的一八五〇年代「棺材型」小提琴盒為原型，設計出一個在故事開頭看似不重要的情節，並讓它到結尾時變身為全書最重要的關鍵。這本書的引言改編自一首十八世紀的民謠《珍重再見》，這首歌也被稱為《愛人道別》、《遙迢千里》或《悲鳴的斑鳩》。經過兩百多年，它以各種形式流傳下來，歌詞經常浮動互換。我在為本書編寫引言時，將自己最喜歡的三個版本合而為一。艾莎．莫羅極可能用她的「巴伐利亞小提琴」拉奏過這首歌，因為當時許多樂譜都曾收錄過它。在研究艾莎．莫羅可能擁有哪一種小提琴時，我深受「米頓瓦爾德」或「mitten im Wald」這個詞的吸引，它在德語中的意思是「在森林中」。為什麼我會選它？相信在閱讀此書後，你一定心知肚明。被視為不可逾越的古老森林，其黎明破曉時的景色，不時在這些頁面中穿梭，成為故事的重要舞臺。

我在創作這本書時做了很多製造偽鈔的研究，希望美國聯邦調查局不會因為我的網路搜尋紀錄逮捕我。史蒂芬・米姆在二〇〇七年出版的《偽鈔之國》、喬治・皮克林・伯納姆在一八七五年出版的《三年的亡命生涯——製造偽鈔、走私和偷渡的日子》，以及鮑勃・麥凱布在二〇一六年出版的《偽造與科技》對我幫助極大。在整個十九世紀，美國製造偽鈔的犯罪活動相當猖獗，而這恰好與攝影技術的發展、唯靈論的興起重合，如此多的巧合讓我覺得要是沒將它們融入這個故事裡，就太過可惜了。

在小說中，艾莎・莫羅擁有萊德伯里無名詩作《我的靈魂》的裝訂本。實際上，這首詩出自十七世紀英國作家兼神學家湯瑪士・特拉赫恩之手。我受特拉赫恩眼中「無垠空間」新科學的迷戀，以及他相信自然世界是通往人類「幸福」的道路所吸引。儘管他的作品放在赫里福德家族莊園的地下室，被遺忘了幾個世紀，幸好在十九世紀後期重見天日後，得以在二十世紀初期出版，並受到世人推崇。在那之前未經驗證、無人知曉的特拉赫恩作品也有可能被人私下發現，私自編輯印刷。即使這些事未真正發生，但這樣的假設也算完全合理。古董書攤上到處都是這類以粗體印刷並經排版師傅修飾的「無名」作品，所以即使我沒有證據證明《我的靈魂》曾被私自印刷過，但同樣也沒有證據證明它沒被印刷過。對於虛構的小說來說，這樣的舉證已經足夠。

我知道因為故事發生在十九世紀，所以它很可能被歸類為歷史小說，不過我想在這裡放一個小小的免責聲明：我寫這本書的目的並非描繪真實的歷史事件，而是講述一個發生在我所設定的時間範圍裡的小故事。歷史小說可以視為順著歷史軌跡走的路線圖，但這本書卻更像是一條貫穿其中的河流。賽拉斯的整趟旅程穿越了位在虛構小鎮外的無名森林。美國中西部的森林幾乎全都見證了歐洲及美國白人入侵者在幾百年來對原住民犯下的無數暴行，因此看得到鬼的賽拉斯在途經聖地會遇到它們也是很自然的假設。我鼓勵大家閱讀黛比・瑞斯和吉恩・門多薩共同編輯的傑出作品《為青少年撰寫的美國原住民歷史》，這本改編自歷史學家羅克珊・鄧巴—奧爾蒂斯的名著，全面敘述了在歐洲人到來之前已經在這片土地生活了非常久的許多民族，以及在接下來的幾世紀裡所經歷的各種戰爭、撕毀條約、被迫遷移和屠殺。另外，提姆·廷格爾的所有小說都很值得一讀，不但寫得極好，而且故事全都以真實歷史事件為背景，特別是《我是如何成為鬼魂》更是難得的佳作。露意絲·艾芮綺的《樺樹皮小屋》系列也是我的推薦書單上的大明星。

這本小說開始於美國南北戰爭開打的前一年，也就是一八六〇年。書中的一個角色，戴西蒙德·查爾方特提到，他的家人因為想定居在「自由州」而搬到了堪薩斯，以便能夠投票反對美國奴隸制的擴張。他的妹妹瑪法達無端捲入主張蓄奴的惡棍和擁護廢奴的游擊隊之間的槍戰，喪失了生命。雖然戴西蒙德的家族史並不是本書的敘述核心，但它仍舊貼切的側寫了他的性格。有關廢奴運動的更多資訊，沒有比法雷迪·道格拉斯的作品更好的書了，包括：《美國奴隸法雷迪·道格拉斯的生平記述》、《我的枷鎖和我的自由》，以及《法雷迪·道格拉斯的生平與時代》。至於副警長傑克·比烏蒂曼，他提到自己效忠於美墨戰爭的敗方，因為他和戴西蒙德都曾在聖帕特里克大隊裡和美國對戰：戴西是因為他反對美國政府擴大奴隸制，而傑克是因為他聽說墨西哥傳奇將軍聖塔·安那曾經宣稱自己是「西方的拿破崙」。傑克希望如果墨西哥在聖塔·安那的領導下取得勝利，會採用一八一〇年的《拿破崙法典》將同性戀合法化。《拿破崙法典》的基礎是法國一七八九年的《人權和公民權宣言》，同性戀合法化是其中的重要項目。戴西和傑克因為和美軍對戰一起在里奧格蘭德監獄服刑，並在坐牢期間成了好友。在戴西富有的爸爸拿錢出來購買他們的「官方」赦免後，兩人搬到加利福尼亞挖金礦一年，然後才搬到羅沙雪倫。當然，這只是我為他們設計的經歷，和小說中發生的事件無關，但是因為我實在太喜歡他們兩個，所以想在這裡分享關於他們更早之前的歷史小故事。

儘管本書中大部分的角色都是美國歷史上某段時間、地點的男性，但在我看來，女性才是驅動這個故事的主角。一位母親。她雖然不常出現在書頁上，卻是真正的核心人物，她在天上盡其所有的連結、推動和保護她的孩子，至於她能做到什麼程度，沒有人知道。歸根究柢，這本書最重要的主題就是永不消逝的愛，以及存在於生者和亡者之間，無法一眼就看出的連結。

我的世界、我的存在、我的生活、我對書籍的熱愛、我所有的一切，都是因為一個人耐心的引導、培養、啟發和激勵的成果。感謝我的母親，謹以此書獻給我的媽媽。

少年天下系列 085

奇異男孩

作　　者｜R. J. 帕拉秋（R. J. Palacio）
譯　　者｜卓妙容

責任編輯｜李幼婷
特約編輯｜戴淳雅
封面設計｜張梓鈞、蕭旭芳
校對協力｜魏秋綢
行銷企劃｜溫詩潔

天下雜誌群創辦人｜殷允芃
董事長兼執行長｜何琦瑜
媒體暨產品事業群
總經理｜游玉雪
副總經理｜林彥傑
總編輯｜林欣靜
行銷總監｜林育菁
主編｜李幼婷
版權主任｜何晨瑋、黃微真

出版者｜親子天下股份有限公司
地址｜台北市104建國北路一段96號4樓
電話｜（02）2509-2800 傳真｜（02）2509-2462
網址｜www.parenting.com.tw
讀者服務專線｜（02）2662-0332 週一～週五：09:00~17:30
讀者服務傳真｜（02）2662-6048 客服信箱｜parenting@cw.com.tw
法律顧問｜台英國際商務法律事務所・羅明通律師
製版印刷｜中原造像股份有限公司
總經銷｜大和圖書有限公司 電話：（02）8990-2588

出版日期｜2023年7月第一版第一次印行
2023年9月第一版第三次印行
定　　價｜420元
書　　號｜BKKNF078P
I S B N｜978-626-305-471-4

訂購服務
親子天下 Shopping｜shopping.parenting.com.tw
海外・大量訂購｜parenting@cw.com.tw
書香花園｜台北市建國北路二段6巷11號 電話（02）2506-1635
劃撥帳號｜50331356 親子天下股份有限公司

立即購買 >
親子天下 Shopping
親子天下 有聲故事書

國家圖書館出版品預行編目資料

奇異男孩/R.J. 帕拉秋文；卓妙容譯. -- 第一版. --
臺北市：親子天下股份有限公司, 2023.07
384面；14.8X21公分. -- (少年天下；85)

譯自：Pony
ISBN 978-626-305-471-4(平裝)

874.59　　112005114

Copyright © 2021 by R. J. Palacio
Published by arrangement with Birch Path Literary LLC in conjunction with Claire Roberts Global Literary Management, through The Grayhawk Agency.
Complex Chinese translation copyright © 2023 by CommonWealth Education Media and Publishing Co., Ltd.
All rights reserved.